Vermisst im Martelltal

**Eine Kriminalgeschichte
von
Kh Beyer**

aus der Reihe

Der Saisonkoch

https://dersaisonkoch.blog/

und

http://www.dersaisonkoch.com/serendipity

Der Fund

Wie gewohnt in den Septembertagen, steht Thomas, ein Bauer, zeitig auf, um die schönsten Pilze zu finden. Das Wettrennen um die schönsten Pilze ist nicht nur auf die
einheimische Bevölkerung begrenzt. Unsere italienischen Landsleute fahren oft um diese Zeit in den Pilzurlaub. Mitunter fahren sie im Dunkeln in die Nähe des vermeintlichen Pilzfleckes, ruhen im Auto und durchkämmen anschließend den Platz zahlreich und recht lautstark. Thomas hat deshalb die Möglichkeit, die ankommenden Sammler zeitig zu orten und ihnen aus dem Weg zu gehen. Beim Ausweichen trifft er seinen Nachbar, Heiner. Beide haben nicht die Absicht, zusammen suchen zu gehen. Etwas Konkurrenz gibt es bei den Pilzsammlern schon im Tal. Spätestens am Stammtisch vergleichen sie dann ihre Funde. Der Verlierer zahlt dann den fälligen Schoppen, nachdem sie die Pilze dem Gastwirt verkauft haben.
Kurz nachdem sich ihre Wege trennen, entdeckt Thomas einen Menschen mit Helm auf dem Bauch liegend unweit von einem Motorrad. Die Straße ist oberhalb des Platzes. Das Motorrad kommt ihm sofort bekannt vor. 'Das kann doch nur Alfred, der Koch sein', denkt er sich. Thomas traut sich nicht, dem

Opfer den Helm abzunehmen. Er hat gehört, man soll das nicht tun wegen der Verletzungen. Wie üblich, geht Thomas mit dem Handy in die Pilze. Er kann sofort die Rettung anrufen. In den Bergen passieren ziemlich oft Unfälle beim Pilze suchen und Wandern. Der Südtiroler Rettungsdienst ermahnt regelmäßig die Bevölkerung, bei Wanderungen in den Bergen, das aktivierte Handy mit zu nehmen. Die Ortung ist damit etwas leichter. Jede Minute zählt.

Neben der Rettung treffen natürlich auch die örtlichen Carabinieri ein. Im Martelltal gibt es einen Stützpunkt. Der Weg ist nicht zu weit.

Die Carabinieri schauen sich das Opfer etwas genauer an und rufen sofort den Kommissar Marco. Sie scherzen etwas untereinander, weil Marco mit Familiennamen, Scemonelli heißt. Wir würden das mit Dummkopf übersetzen. Marco ist jedoch das ganze Gegenteil von seinem Familiennamen. Er ist gewissenhaft und ziemlich pingelig.

Der Hubschrauber landet und Marco steigt aus. Seine Kollegen scherzen wieder. Marco kommt im Trainingsanzug. Er hasst Anzüge. Vielleicht hat er auch das Uniform tragen satt. Manchmal trifft er am Fundort auch im Radfahrerlook ein. Rad fährt er leidenschaftlich. Sein Vorbild ist leider schon tot. Marco Pantani.

Marco schaut sich zuerst das Opfer genau an. Dann das Motorrad. Beides macht ihn misstrauisch. Er ordnet Laboruntersuchungen an. Alfred, findet er, ist schon ziemlich lange tot.

Bei der Benachrichtigung der Familie durch die Gemeindepolizei, fällt auf, dass Alfred seit drei Tagen abkömmlich ist. Die Familie hat es nicht gemeldet. Alfred schlief oft im Hotel in Naturns, in dem er arbeitete. Vor allem bei schlechtem Wetter oder wenn er Etwas getrunken hat. Ein anderer Grund, warum er ziemlich selten zu Hause war, heißt Karin. Seine Freundin. Sie arbeitet im gleichen Hotel als Bedienung. Karin ist sehr schön. Dazu verfügt sie über eine Eigenschaft, die in Südtirol eher selten zu finden ist. Sie ist nicht dominant. Das erklärt uns auch, warum sie als Bedienung so erfolgreich ist. Sie bellt ihre Gäste nicht so an oder heuchelt eine übertriebene Freundlichkeit. Karin scheint den Beruf tatsächlich zu lieben. Alfred gefiel ihr Charakter und ihr Auftreten. Kein Mann kann so einer Frau widerstehen auf Dauer.

Der Gehilfe und damit Co-Kommissar, ist ein echter Südtiroler. Der Huber Toni. Toni ist leidenschaftlicher Motorradfahrer und kommt, wie zum Fundort? Er kommt natürlich auf einem Motorrad zum Ort des Geschehens. Er sieht das Opfer nicht mehr direkt.

Alfred ist schon verpackt und wird gerade weg geflogen. Das Motorrad liegt noch da.

Toni schaut sich ganz interessiert das Motorrad Alfreds an. Am Heck bemerkt er Spuren, die nicht zu dem Motorrad gehören. Farbspuren. Marco sagt ihm, er möchte das Motorrad untersuchen lassen. Toni drängt gerade zu darauf. "Mit dem Motorrad stimmt etwas nicht!"

Für Marcos Ermittlungen ist Toni ziemlich wichtig. Toni leitet die Zeugenbefragung der einheimischen Bevölkerung. Gegenüber italienischen Beamten, verschließen sich einige Südtiroler.

In der Gegend des vermeintlichen Unfalles gibt es keine unmittelbaren Zeugen. Einzelne Häuser sind zu weit weg von dem Ort. Keiner der Bewohner kann den Unfall gehört haben. Marco und Toni gehen, bis auf die Spuren am Motorrad, von einem Unfall aus. Sie lassen den Ort trotzdem, sicherheitshalber, absperren. Sie möchten die Laborergebnisse abwarten.

Toni nimmt die Gelegenheit wahr, die herrliche Luft im Tal zu atmen. Die Büroluft in Schlanders, Meran und Bozen, ist tagsüber einfach nicht zum auszuhalten. Er zieht kurz seine Kombi herunter, damit der Oberkörper frei ist. Er saugt die frische Luft wie ein Kompressor ein, die vom Ortler talabwärts strömt. Marco hat seinen Oberkörper auch frei gelegt. Sie suchen gemeinsam nach Spuren unterhalb der Straße. Die Straße befindet sich etwa dreißig bis vierzig Meter über dem Fundort.

Nach der Spurensuche fragt Marco seinen Freund Toni, ob er noch Appetit auf frischen Fisch hat. Toni lehnt das Angebot nicht ab. Er hat Alfred nicht gesehen.

Der Hubschrauberpilot gibt Marco einen Schutzhelm. Marco möchte mit Toni zusammen zurück ins Büro fahren. Vorher hängen sie noch das Motorrad Alfreds an den Hubschrauber an. Auf der Straße wartet schon der Transporter.

Gemeinsam fahren sie zu einheimischen Fischzüchtern im Tal. Deren Angebote reichen von Forelle und Zander bis zu Stör. Der Plimabach führt immer frisches Wasser vom Ortler. Ideal für den Hochgenuss. Beide entscheiden sich, einen Stör zu kaufen und sich den zu teilen. Marco überredet Toni, Stör einmal zu probieren. Es gehörte etwas Überredung dazu, Toni von diesem Fisch zu überzeugen. Der Fisch ist ziemlich teuer. Marco kennt den Geschmack von zu Hause. Fischzüchter am Po versuchen seit einiger Zeit, Kaviar zu produzieren. Sie züchten Stör aus dem Grund. Gelegentlich findet sich so ein Fisch auf den Tafeln der Landsleute wieder.

Am kommenden Tag treffen sich die Zwei wieder am Unfallort. Sie möchten weiter Spuren verfolgen. Ein

paar Einheimische helfen ihnen. Auch junge Leute, die von dem Tod Alfreds erfahren haben. In dem unglaublichen Müllaufkommen unter der Straße vermuten sie Beweisstücke. Neben weggeworfenen Flaschen, finden sie leere Dosen, Behälter und Verpackungen aus ganz Europa. Die meisten Fundstücke tragen deutsche und italienische Beschreibungen. Viele Fundstücke sammeln sie, verpacken sie und geben sie zur Laboruntersuchung. Ein Portemonnaie ist dabei. Geld ist keines mehr drinnen. Aber Zettel und Karten. Das Portemonnaie hat Alfred vermutlich bei seinem Sturz verloren. "Es muss schon jemand hier gewesen sein", sagt Toni.
"Wieso?", fragt Marco.
"Das Geld fehlt."
"Vielleicht hat er kein Geld mit gehabt."
"Ja. Aber hier ist ein Zettel mit der Unterschrift Alfreds, dass er heute einen Abschlag bekommen hat. Und das Geld fehlt."
"Wir müssen unbedingt in das Hotel fahren, in dem Alfred gearbeitet hat", sagt Marco.
"Morgen treffen wir uns dort. "Toni freut sich schon, endlich eine Spur zu haben. Er geht nicht gern ohne Grund im Trüben fischen.
Neben den Funden sehen sie auch, welche Strecke Alfred gefallen sein muss. Er muss ein ganzes Stück gekrochen sein bis zu seinem Fundort. Sie stecken die

Spur ab und lassen die Spurensicherung kommen. Das würde immerhin erklären, warum Alfred auf dem Bauch lag. Um diese Zeit, in dieser Gegend zu stürzen, ist an sich schon mit einer hohen Lebensgefahr gleich zu setzen. In Saisonzeiten haben Arbeiter in der Gastronomie, kaum eine andere Möglichkeit als mit dem Zweirad zur Arbeit zu fahren. Sie würden drei Stunden täglich nur im Stau verbringen. Frei nach der Methode: Arbeiten und Schlafen. Irgendwie kommt uns das bekannt vor. Toni hat für seinen Chef einen Helm mit eingepackt. Marco probiert ihn. "Der passt gut!" Es ist kein Vollhelm. Aber so kommt er zumindest um ein Bußgeld herum,falls sie angehalten werden.

Beim nach Hause Trödeln, fahren sie noch an der Obstgenossenschaft vorbei. Frische Kartoffeln kaufen. Es gibt sogar noch Dessert in Form von frischen Erdbeeren. "Ein Paradies",schwärmt Marco. Er kann nicht warten. Die Erdbeeren wäscht und isst er gleich an Ort und Stelle.

In Goldrain angekommen, biegen sie in Richtung Latsch ab. Mit der Umgehungsstraße umfahren sie teilweise den Stau um diese Tageszeit. In Vezzan befindet sich ein Gewerbezentrum. Dort ist um diese Zeit Feierabend. Sie wollen noch rechtzeitig ins Büro nach Meran. Toni fragt Marco, warum sie nicht nach Schlanders fahren. "Morgen Früh fahren wir zuerst in das Hotel nach Naturns. Von Schlanders aus, dauert das zu lange."

Nach knapp zwei Stunden kommen sie in ihrem Büro in Meran an. "Soll ich die Zeitungen, den Rundfunk und das Fernsehen anrufen?", fragt Toni.

"Lass bitte im Büro die Anzeige fertig machen. Wir suchen Zeugen des Unfalls."

"Die Zeugen wären doch sicher da geblieben", sagt Toni.

"In Südtirol?", fragt Marco und lächelt dabei. Toni fühlt sich etwas angesprochen bei der Bemerkung. "Meine Nachbarn hätten alle angehalten."

"Es gibt schon Ausnahmen", antwortet Marco und lacht etwas lauter. "Die Betrunkenen halten sicher nicht an."

Jetzt lacht auch Toni mit.

Die Polizisten haben bereits Skizzen, Fotos und den Inhalt des abgerissenen Gepäckträgers ins Büro gelegt. Im Gepäckträger ist auch kein Geld. Nur benutzte Arbeitskleidung. Der war außerdem verschlossen. Den Schlüssel dazu hatte Alfred in der Hosentasche.

"Morgen, nach Mittag, haben wir schon die ersten Laborproben. Dann sehen wir weiter."

Am Morgen treffen sich die Zwei Kommissare im Hotel Gelbe Schwalbe in Naturns. Vor dem Hotel hat ihr Auto keinen Platz mehr. Sie nehmen die Tiefgarage und fahren mit dem Fahrstuhl direkt vor die Rezeption. Die Rezeptionistin stellt sich als Mira vor. "Woher kommen Sie", fragt Marco. "Aus der Slowakei", antwortet Mira. "Kennen Sie Karin?"

"Das ist meine Zimmerfreundin. Sie kommt aus unserem Nachbarort."

"Ist sie auf Arbeit?"

"Nein. Sie ist schon den dritten Tag krank. Heute müsste die Krankmeldung kommen."

"Schläft sie bei Ihnen auf dem Zimmer."

"Sie schläft oft außer Haus. Sie hat mit ihrem Freund ein Zimmer im Ort."

"Also, ist sie da oder in dem Zimmer außerhalb?"

"Sie ist seit fast einer Woche außerhalb."

"Wo ist ihre Wohnung?"

Mira erklärt den Zweien den Weg. Toni ist sofort im Bilde.

Am Haus angekommen, klingelt Toni. Marco hält sich etwas zurück. Eine ältere Frau öffnet die Tür. Toni hält seine Marke hin und stellt sich und Marco vor. "Was ist passiert? Ich will keinen Ärger!"

Marlies, die Vermieterin, vermietet etwas schwarz nebenbei. Ihre Rente ist zu gering. Sie will sich so, etwas dazu verdienen.

"Wir kommen wegen einer Mieterin zu Ihnen", sagt Toni.

"Sie sind nicht von der Finanz!"

"Nein", antwortet Toni. "Wir suchen nur Karin."
"Ist die auf den Strich gegangen? Die ist eigentlich
nicht so."
"Nein. Ist sie da?"
Sie gehen nach Oben, klopfen und Karin meldet sich.
Die Kommissare stellen sich wieder vor. Karin wird
etwas misstrauisch. "Kommen Sie wegen mir?"
"Nein." Toni führt das Gespräch. Marco hört
aufmerksam zu.
"Dürfen wir rein kommen?"
"Gerne."
Das Zimmer glänzt und ist aufgeräumt. Die
Waschmaschine läuft gerade. Im Bad hängt etwas
Unterwäsche von Karin. Toni rollt mit den Augen. Er
stellt sich gerade die Füllung vor.
"Wir sind wegen Alfred hier."
"Hat der etwas gemacht?"
"Nein. Er hatte einen Unfall."
"Mein Gott. Ist ihm etwas Schlimmes passiert?"
"Ja. Er ist am Unfallort verstorben."
Karin weint. "Das liegt an mir. Ich habe mich mit ihm
gestritten." Karin kann gar nicht aufhören. Marco
muss sie trösten. "Das tut uns sehr leid. Wollen Sie
Etwas trinken?"
Toni lässt hier Marco vor. Er kann das mit dem Trösten
nicht so gut. Es dauert sehr lange, ehe sie Karin
beruhigt haben. Toni hat inzwischen einen Kaffee

gebrüht. Karin geht an den Schrank und holt sich eine Flasche Slivovitz. "Wollen Sie auch einen?" Toni sagt nicht Nein. Marco möchte ihn auch probieren. Zusammen trinkt es sich besser.

"Wir haben gestritten wegen seiner Familie", sagt sie, nach dem sie das Gläschen ausgetrunken hat.

"Warum?"

"Die Familie hat Schulden und Alfred sollte deswegen die Tochter der Nachbarn heiraten."

"Wollte er das?"

"Nein. Er wollte mit mir gehen. Ich habe ihm davon abgeraten wegen des Friedens im Ort."

"Ist Ihnen sein Fehlen nicht aufgefallen?"

"Er war eingeschnappt. Ich wollte ihm Bedenkzeit geben."

"Sie waren krank?"

"Der Streit hat mich etwas mitgenommen. An der Rezeption konnte ich deswegen nicht arbeiten. Unsere Gäste würden das sofort bemerken und sich über mein Verhalten beschweren."

"Hat Ihnen Alfred Geld gegeben?", fragt Toni.

"Er hat mir Geld für die Miete gegeben."

"Wie viel?"

"Dreihundert Euro."

"Sind Sie morgen wieder auf Arbeit?"

"Der Hausarzt hat mich nicht krank geschrieben. Ich muss morgen wieder auf Arbeit gehen."

"In Ihrem Zustand?"

"Ich kann das nicht ändern."

Die zwei Kommissare verabschieden sich. "Wir müssen noch einmal ins Hotel, Marco", sagt Toni. Marco ruft gleich die Rezeption an. Der Chefkoch soll sich bereit halten.

Im Hotel angekommen, treffen sie sich mit dem Chefkoch. Er ist ein Sachse. Christian ist sein Name. Die beiden Kommissare amüsieren sich über seinen Dialekt. Damit ist die Frage seiner Herkunft betreffend, schon mal überflüssig.

Allgemein sind sie das gewohnt, in der Gastronomie keinen Landsmann zu treffen. Zu ihrem Glück, spricht der wenigstens Deutsch oder so ähnlich.

"Seit wann hat Alfred denn gefehlt auf Arbeit?", fragt ihn Toni. "Seit drei Tagen", antwortet Christian.

"Haben Sie das der Geschäftsleitung gemeldet?"

"Natürlich. Alfred war Dritter Koch bei uns und hat das Salatbuffet, die kalten Platten gemacht und das Frühstück vorbereitet. Er war ein Einzelgänger und ziemlich verschlossen. Gelacht hat er selten. Die Kollegen haben ihn oft verspottet deswegen. Die Gastarbeiter fanden den einzigen Einheimischen etwas seltsam."

Im Grunde braucht jetzt Toni nicht weiter fragen. Sie gehen zur Rezeption und fragen Mira, ob der Chef des Hauses da ist. Mira schaut in einen Nebenraum hinter der Rezeption und ruft den Chef. Man stellt sich untereinander vor. Alois, der Chef, erklärt, warum er Alfred nicht vermisst hat.

"Innerst drei Tagen erwarte ich immer eine Krankmeldung. Das ist bei uns nichts Besonderes. Die Küche hat einen sehr hohen Krankenstand."

Die zwei Kommissare bemerken schnell, von hier aus können sie kaum eine Spur aufnehmen oder verfolgen. "Die haben selbst genug Probleme", bemerkt Marco. Alois fragt sie, ob sie am Personalessen teilnehmen möchten. Das findet, wie immer hier, eine Stunde vor dem Mittagstisch statt. "Ich habe schon etwas Hunger", sagt Marco. Toni nickt. Alois ruft in der Küche an. Sie sollen für die zwei Kommissare, Essen mit fertig machen. Eigentlich wäre das nicht nötig, Essen extra zu bestellen. Das Personal wird in Form eines Buffets beköstigt. Allgemein werden die Reste vom Vortag serviert. Bestimmte Speisen müssen aber neu gekocht werden. Vor allem, wenn vom Abendmenü des Vortages, wenig übrig geblieben ist. Die Kommissare setzen sich in die Ecke und überfliegen ihre Notizen, die sie sich bisher gemacht haben. Ganz nebenbei verfolgen sie aufmerksam das Servicepersonal. Sie staunen über deren gewandte Routine beim Eindecken der Tische. Neben Ungarisch, hören sie auch Polnisch und Slowakisch. Sie wundern sich, wie sich die verschiedenen Nationen untereinander so gut verstehen.

"Wir sind auf der falschen Spur", sagt Marco zu seinem Kollegen. "Wir können aber noch fragen, wie viel Geld Alfred mit hatte", antwortet Toni. "Das würde uns schon weiter helfen." Marco nickt. Langsam füllt sich der Raum. Der Chef isst zusammen mit seinem Personal. Das ist ziemlich selten.

Die zwei Kommissare gehen zu seinem Tisch und fragen nach dem Geld.

"Neben seinem Lohnabschlag, habe ich ihm noch Dreihundert so gegeben", sagt Alois. Toni fragt nicht weiter. Ihm ist schon aus der Familie bekannt, wie Lohnzahlungen in der Gastronomie ablaufen. Man spricht nicht gern darüber zu Fremden. Marco stellt fest, aus dem Portemonnaie fehlen praktisch, rund eintausend Euro. "Das muss irgend Jemand entwendet haben. Wir müssen noch mal mit den Pilzsammlern reden." Das nehmen sie sich für den kommenden Tag vor. Zunächst fahren die Zwei ins Büro und studieren die Laborergebnisse.

Im Büro liegen jetzt viele Proben. Mehrere Gentests sind dabei. Auch vom Portemonnaie. Und wie erwartet, stammen die nicht alle von Alfred. Neben ihren Proben, wird eine Probe erwähnt, die abgefragt werden muss. Im heimischen System ist diese Person nicht registriert. "Wir müssen Interpol benachrichtigen", sagt Marco.

"Was ist mit der Farbprobe?", fragt Toni.

"Die muss noch nach dem Autotyp abgefragt werden."

"Also, ist es keine italienische Farbe?"

"Nein. Sie stammt von einer deutschen Automarke."

"Naja. Wenn wir die Marke wissen, engt sich der Kreis der Verdächtigen etwas ein."

"Dann sind wir einen Schritt weiter."

Die Ermittlung beginnt

Am Morgen treffen die Auswertungen der Proben ein.
"Das wird ein Studientag", sagt Marco.
Die Proben lesen sich so schwierig wie Anklagen vor
diversen Gerichten. Kein normaler Mensch würde das
verstehen. Zum Glück haben die zwei Kommissare
etwas Übung bei dem Kauderwelsch.
Bei dem Gentest werden sie auf Deutschland
verwiesen. Dort ist die Probe zu ziehen. Das Auto ist
ein Bayrisches. Kein normales Auto, sondern ein
teures mit Sonderlackierung. "Das wird ziemlich
leicht", sagt Toni.
"Scheint so", antwortet Marco. Er hat da schon andere
Erfahrungen gesammelt.
"Die streiten oft ab, sie wären gefahren", sagt er zu
Toni.
"Also, müssen wir noch die Diebstahlmeldungen
überprüfen."
"Das sehe ich auch so."
"Vielleicht überprüfen wir noch die Autoverleiher und
Autohäuser wegen Kurzvermietungen?"
"Der Einfall ist gut, Toni", sagt Marco zu seinem
Kollegen.
Die Kaffeemaschine tropft. Heute gibt es Filterkaffee.
Marco mag den nicht besonders. Toni gibt extra mehr

Kaffeepulver hinein. Die Brühe schmeckt trotzdem nicht. Das Pulver ist für Espressokaffee.

"Gib mir bitte viel Milch", ruft Marco. "Wie könnt ihr so Etwas saufen."

Die Zwei machen sich einen Schlachtplan zurecht. Zuerst wollen sie noch einmal zum Ort des Verbrechens fahren. Für sie steht jetzt fest, ein oder mehrere Verbrechen sind geschehen. Kein Unfall. Es handelt sich mindestens um Fahrerflucht mit Todesfolge und um Raub. Sie packen ein paar Kameras ein. Mit denen können sie drei Tage lang, den Tatort beobachten. Beide vermuten, der Täter kommt wieder. Vielleicht hat er Etwas vergessen. Talaufwärts fahren sie noch einmal an der Obstgenossenschaft vorbei. Marco hat Appetit bekommen. Die Erdbeeren sind leider schon vergriffen. Dafür gibt es noch frische Pflaumen, Zwetschgen und sogar einige Gravensteiner. Nach einer kurzen Lagerung, schmecken die am besten. Dazu liegen ein paar Elison Orange im Regal. Die probiert Marco sofort. Er kennt sich aus. Toni gibt ihm ein Kompliment.

Um diese Zeit ist die Fahrt am Plimabach ein Genuss. Sie treffen ein paar Angler. Alle grüßen freundlich. In den Kaffees und Imbissbetrieben herrscht Hochkonjunktur. Kein Parkplatz ist frei. Man parkt Südtirolerisch in zweiter Reihe.

"Jetzt eine Alkoholkontrolle...", sagt Marco.

"Das geht uns Nichts an", antwortet Toni schnell.

Marco lacht. Toni muss mit lachen.

Am Tatort angekommen, machen sich die Zwei auf Spurensuche. Toni interessiert das Geländer und der Randstreifen. Der ist noch nicht geputzt und sogar mit bunten Bändern abgesperrt. "Wir könnten morgen den gesamten Dreck vom Randstreifen einsammeln lassen. Vielleicht finden wir noch ein paar Kleinstteile."

"Das hätte ich gleich mit machen lassen sollen", antwortet Marco.

"Eigentlich reichen unsere Spuren. Aber, ein - zwei mehr, können nicht schaden", sagt Toni.

"Bei den Tätern, sicher."

"Gehen wir noch bei den Familien vorbei?"

"Das machen wir morgen", antwortet Marco.

"Aber abends sind sie eher anzutreffen als tagsüber."

"Du hast recht. Wir fahren hin zu ihnen."

Auf den Hof von Alfred angekommen, bemerken sie hinter den Gardinen, Blicke. Alfreds Mutter kommt heraus und begrüßt die Kommissare. "Haben Sie schon ein paar Erkenntnisse?"

"Einige schon. Wir haben Proben und deren Auswertung.

Wir müssen nur noch die Personen dahinter suchen."

"Wollen Sie mit essen? Wir haben Speck, Salami und geräucherte Forelle."

Toni tropft der Zahn. Marco fragt: "Alles selbst gemacht?"

"Natürlich!"

Zwei ältere Herrschaften kommen ins Zimmer. Der Mann stellt sich als Opa Alfreds vor, die Frau als Oma. Helmut und Berta heißen die Senioren. Bei dem Gespräch kommt heraus, Alfred war der Hofbetreiber. Sein Papa, Gerhard, ist bei einem Forstunfall ums Leben gekommen. Die Mutter und die Großeltern, wissen jetzt nicht mehr, wie es weiter geht. Es gibt viele Tränen bei dem Gespräch.

"Helfen ihnen die Nachbarn?"

"Die Nachbarn haben eine Tochter, Christine. Sie wollten, dass Christine, Alfred heiratet. Für sie galt das als sicher."

"Damit wären ja ihre zwei Gründe zusammen gelegt worden", sagt Toni.

"Das war so angedacht."

Opa Helmut serviert beim Abendbrot hausgemachte, getrocknete Blutwurst. Er stellt ein Gläschen Marillensenf dazu. Marco kommt ins Schwärmen als er das sieht.

"Mein Gott! Wie zu Hause!"

"Das essen heute unsere jungen Leute nicht mehr", sagt Helmut. "Früher haben wir die Wurst sogar verkauft."

"Wir müssen noch zu den Nachbarn gehen", sagt Toni.

"Sogar dringend", wirft Marco ein.

Helmut und seine Familie verabschieden die Zwei.

Weit fahren müssen sie nicht. Vor dem Haus des Nachbarn stehen mehrere Autos. Fast alle haben Schrammen an der vorderen Stoßstange.

"Von den Autos müssen wir Proben nehmen", sagt Toni.

Marco antwortet: "Von den deutschen Marken."

"Aber so eine Sonderlackierung scheint nicht dabei zu sein."

"Wir ziehen trotzdem Proben von den deutschen. Vielleicht ist schon eine Sonderlackierung aufgebracht. Wir wissen es nicht."

Die Familie beobachtet die Zwei schon durch das Fenster. Johann, der Opa, öffnet die Tür. "Wir haben Sie erwartet."

Das Glockengeläut der Haustür erinnert an den Auftrieb auf die Sommeralm. Am Tisch sitzt wie bei Maria, die gesamte Familie. Fast alle in Arbeitskleidung mit einer blauen Schürze. Der Tisch ist noch gedeckt. Die Familie probiert gerade den neuen Käse. "Wollen Sie auch probieren?", fragt Johann. Der ländliche Geruch im Haus lässt Marco etwas zögern. Toni hingegen sagt: "Ja. Gern!"

Marco zieht nach. Nach der Probe kommen die Zwei gleich zur Sache.

"Alfred ist angefahren worden. Wir müssen von ihren Autos, Lackproben nehmen. Auch ein paar Proben der Plastikteile."

"Sind wir verdächtig?", fragt Julius, der Vater von Christine.

"Nach unseren Erkenntnissen, schon", sagt Toni.

"Dazu benötigen wir Genproben", gibt Marco bekannt.

"Warum das?", fragt Johann.

"Es ist Etwas gestohlen worden von Alfred. Wir haben Fingerabdrücke."

Die Familie willigt ein. Stefan, der Sohn, ist vorerst dagegen.

"Dann müssen wir sie mit auf das Revier nehmen und dort die Proben ziehen."

Das überzeugt auch Stefan. Bis morgen hätte er praktisch in der Zelle gesessen und gewartet. Er gibt kleinlaut nach.

Die Proben werden von den Zweien fein säuberlich verpackt und gut gekennzeichnet.

An den Autos finden sie eine Farbe, die der Spur auf dem Motorrad ähnelt. Von dem Auto nimmt Marco zwei Proben. Er fotografiert die Stoßstangen. Toni beleuchtet die Flächen mit einem Strahler aus verschiedenen Winkeln. Die zwei haben Alles mit.

"Wo waren sie vor drei Tagen? In der Stadt?"

"Wir sind den ganzen Tag unterwegs. Ehrlich gesagt, in der Stadt sind wir täglich."

"Auf Arbeit?"

"Ja. Christine und Stefan waren auch auf Arbeit."

"Wir haben bei Ihnen Spuren gesichert, die wir auch an dem Motorrad gefunden haben."

"Wir wissen nicht, wie die dahin gekommen sind."

"Als was arbeiten Sie, Christine?"

"Als Zimmermädchen."

"Wo?"

"In der Gelben Schwalbe."

"Wo arbeiten sie, Stefan?"

"In der Gelben Schwalbe als Hausmann."

"Sie haben also mit Alfred zusammen gearbeitet?"

"Nicht direkt. Wir sahen uns selten."

"Wir sahen uns immer zu den Personalmahlzeiten", sagt Christine.

"Christine; wie kommen dann die Spuren an ihr Auto?" Toni wiederholt die Frage mutwillig. Er möchte erfahren, ob sich Christine widerspricht. Christine weint.

"Ich weiß es nicht."

"Wo parken sie?", fragt Marco.

"In der Tiefgarage gibt es Personalparkplätze."

"Das müssen wir uns noch einmal anschauen" sagt Marco zu Toni.

"In der Tiefgarage gibt es sicher auch Videoüberwachung", antwortet Toni. "Ich schätze, das wird ein Fernsehabend."

Für die ersten Ermittlungen reicht das. Toni will sich verabschieden. Johann packt ihm etwas Käse ein. Die Zwei bedanken und verabschieden sich.
"Morgen Früh, treffen wir uns zuerst im Büro. Wir brauchen einen neuen Schlachtplan", sagt Marco.
"Wir müssen die Kameras der Tunnels noch mal überprüfen. Wer fuhr mit welchem Auto ins Tal und zurück."
"Das glaube ich auch", sagt Toni einsichtig.

Die zweite Spur

Die Farbproben erweisen sich als die zweite und dritte Spur. Damit haben die zwei Kommissare reichlich Arbeit für die kommenden Tage.

Zunächst bekommen sie die Videos aus den Viadukten und Tunnels gebracht. Die Sichtung übernehmen die Kollegen der Carabinieri zusammen mit der Straßenpolizei. Die Videodateien aus dem Hotel kommen erst gegen Abend.

Gleichzeitig bekommen die Kommissare nähere Informationen zu den Genproben. Toni bereitet sich darauf vor, nach Deutschland zu reisen. Die Zusammenarbeit deutscher Behörden mit den italienischen funktioniert nicht besonders gut. Toni hat aber Freunde von seinem Zusatzstudium aus Brühl und Wiesbaden. Die helfen ihm gern bei der Suche. Telefoniert haben sie schon diesbezüglich.

Die Kollegen der Carabinieri rufen an. Sie haben in den Videos zusätzliche Spuren gefunden. Marco fährt umgehend hin. Toni packt bereits seine Sachen für Deutschland. Er fährt nicht mit. Die Carabinieri haben in den Videos neue Fahrzeuge entdeckt, die Schrammen an der Stoßstange haben. Dazu haben sie Fahrzeuge mit Mountainbikes gefunden, die sehr kurz im Martelltal waren. Das kam ihnen etwas Spanisch vor. Allgemein fahren die Radtouristen früh ins Tal und am späten Nachmittag zurück. Dazu haben sie eine zeitliche Zusammenstellung angefertigt von Fahrern, die Alfred hätten finden oder sehen müssen. Alle Fahrzeugdaten sind erfasst und jetzt beginnt die große Suche.

Marco hat seine Kollegen von den Carabinieri und der Polizei gebeten, die potentiellen Zeugen zu ermitteln. Im Büro lässt er für die Zeugen, Fragebögen anfertigen. Alle, jetzt schon persönlich zu befragen, ist zu aufwendig.

Helmut und Maria haben Toni beauftragt, den Mörder zu suchen. Toni ist ein Südtiroler Kommissar. Er wartet schon eine geraume Zeit auf die Chance, endlich mal einen großen Fall zu bekommen. Toni will sich unbedingt einen Namen machen. Seine Eltern haben ihn von dem Berufswunsch abgeraten. Trotzdem bekam er von der Mutter, Waltraud, sein neues Zuhause geschenkt. Waltraud hat die Hütte als Aussteuer bekommen. Die konnte sie aber nicht nutzen. Walter, sein Vater, hat schon zwei Hütten geerbt. Eine dritte Hütte wäre einfach zu viel Arbeit für die Eltern. Noch zu Mal, die Lage der Hütte ist für Walter uninteressant. Die steht auf dem Aschbach. Da hinauf kommt man entweder umständlich per Fahrzeug oder per Seilbahn. An sich ist die Lage recht günstig. Toni hat eine gute Internetverbindung. Die braucht er schon für seine Recherchen. Dazu benötigt er Ruhe. Und genau die, bekommt er zur Genüge auf dem Aschbach.

Seine Hütte besteht aus einem Raum und einer winzigen Kochecke, in der er sich auch wäscht. Größer mag er es nicht. Toni liebt das bescheidene Leben. Der Blick aus seinem Haus ist ein Erlebnis der besonderen Art. Er schaut auf den Partschinser Wasserfall und auf die Texelgruppe. Das Panorama wirkt auf ihn sehr beruhigend. Genau mit dieser Stimmung geht er auch seine Fälle an.

Marco möchte den Fall jetzt an seinen Kollegen abgeben. Die Spurensicherung ist fast beendet. Es warten bereits neue Fälle im Pustertal.

"Gebe mir bitte alle zwei Tage einen kurzen Bericht", sagt er zu Toni. Toni freut sich. Er ist jetzt leitender Kommissar. Eine gute Beförderungsmöglichkeit.

Bevor Toni nach Deutschland fährt, möchte er noch einmal Thomas und Heiner befragen. Er ruft bei den Beiden an. Sie erwarten ihn. Toni muss etwas sportlich fahren. Auf der Vinschger Staatsstraße ist reger Verkehr in beide Richtungen. Dazu gibt es zu viele Baustellen mit Ampeln.

Die Auffahrt zu den zwei Berghöfen ist ziemlich anstrengend. Die Wege sind mit einer Art Kies befestigt. Toni hat aber Straßenreifen auf dem Motorrad. Das Vorderrad eiert fürchterlich. Toni kann kaum die Balance halten.

Heiner steht schon vor seinem Hof und erwartet Toni.
"Thomas kommt gleich", sagt als zum Empfang.
Sie setzen sich an einen Tisch am Haus ins Freie.
"Willst Du auch eine Kaminwurz mit essen?"
"Gerne."
"Und ein Viertel?", fragt Heiner noch.
"Ich fahre. Das geht nicht."
Thomas hört das beim Kommen und lacht. Heiner
muss auch lachen.
"Ich will von Euch eigentlich nur wissen, ob Ihr Leute
getroffen oder gesehen habt."
"Gehört haben wir ein paar Italiener. Gesehen haben
wir eine Gruppe Mountainbiker."
"Haben die miteinander gesprochen?"
"Das waren Deutsche. Die waren ziemlich laut. Fast so
laut wir unsere italienischen Landsleute."
"Und sonst, war Keiner zu sehen?"
"Zwei Angler. Die kommen aus dem Tal."
"Danke. Das hat mir noch gefehlt."
"Bist Du schon weiter gekommen? Wir sind sehr
traurig. Alfred fehlt uns."
Thomas hat ein selbst gebackenes Brot unterm Arm.
Es ist noch warm. Das Brot riecht herrlich nach Anis.
Am Haus hängt eine geselchte, gut gereifte
Bauchseite vom Schwein. Fetter Speck. Heiner
schneidet eine dicke Scheibe ab. Sie essen zusammen
Kaminwurzen, Speck und frisches Vinschger Brot. "Ich

muss gehen. Morgen bin ich in Deutschland. Braucht ihr etwas von dort?"

"Höchstens ein neues Auto. Das wird aber nicht in deinen Koffer passen."

"Dein Panda ist doch noch gut. Die deutschen Autos gehen hier eh nicht."

"Da hast du schon Recht."

Alle lachen ausgelassen.

Toni geht zeitig schlafen. Er muss sehr früh aufstehen. Die Busse nach München fahren schon kurz nach Fünf.

Die Überlandfahrt tut Toni gut. Der Bus fährt wirklich zügig. Es gibt eine kleine Kaffeepause unterwegs.

In München angekommen, warten schon zwei seiner Kollegen. Beide haben ziemlich dicke Aktentaschen mit.

"Wir können Dich nach Hause bringen. Wir wollten eh mal wieder ein schönes Rippele essen."

"Ja. Dann gehen wir zusammen in den Forstgarten."

Und schon fahren die Drei los. 'Die Reisezeit wird sich erheblich verkürzen', denkt sich Toni. 'Bei den Geschwindigkeiten, sicher um die Hälfte.'

In Südtirol nehmen sich die Deutschen etwas zusammen. Sie fahren nur dreißig mehr als erlaubt.

"Ihr könnt hier ruhig etwas schneller fahren", sagt Toni. "Das kläre ich schon."

Die Drei sind schneller im Forstgarten als mit dem Flugzeug. Sie bestellen eine große Platte mit Rippelen und Sauerkraut. Franz, der Wirt, bringt sie selbst vorbei. Er grüßt Toni herzlich. Die zwei deutschen Kollegen staunen nicht schlecht bei dem Anblick.

"Wenn du mal bei uns bist, gehen wir in den Paulaner Garten. Die Rippelen da sind noch größer."

"Jaja. Größer, weiter, höher; den Satz kennen wir noch."

Die Drei lachen.

Nach dem Gartenbesuch verabschieden sich die Kollegen. Toni kann endlich das Material sichten. Das Büro hat die Videos vom Personalparkplatz in der Tiefgarage geschickt.

Dazu sind auch noch Videos der Überwachungskameras von den Tunnels, Viadukten und Brücken gekommen. Toni entdeckt erstaunliche Neuigkeiten.

Nach dem Tag und den Rippelen überkommt Toni aber erst mal die Müdigkeit. Er setzt sich vor die Hütte und genießt den Sonnenuntergang im Vinschgau. Der Vinschgau scheint zweifarbig zu sein. Die Nörderseite dunkel bis schwarz; die gegenüberliegende Seite, bunt bis golden.

Am Morgen ist die Aussicht noch beeindruckender. Wie aus einem dunklen Wohnzimmer, schaut Toni in Richtung Meran. Dort hat der sonnig strahlende

Morgen bereits begonnen. Bis in den Vellau, Plars und Vertigen oberhalb Algunds, strahlt die Sonne.

Toni kocht sich türkischen Kaffee. Er wartet einfach, bis der sich gesetzt hat. Den Kaffee lässt er kurz mit aufkochen. Dadurch schmeckt auch der Espressokaffee annehmbar. Seine Milch hängt bei ihm an der Tür. Sein Nachbar hat sie ihm hin gehängt. Daneben hängt ein Beutel mit zehn Eiern. 'Das wird ein Frühstück', denkt er sich. Für seine einsamen Stunden auf der Hütte, hat sich Toni mit Zwieback und Schüttelbrot eingedeckt. Das schlägt er kurz in ein feuchtes Tuch ein und schon hat er frisches Brot.

Beim Studium der Unterlagen fallen ihm reichlich Ungereimtheiten auf. Schon am Abend beim Überfliegen der Daten, wurde er skeptisch. Er muss dringend noch einmal in die Gelbe Schwalbe fahren. Mittlerweile hat er auch die Namen und Adressen der deutschen Mountainbiker. Auch deren Lackproben von den Autos. Die stimmen leider nicht mit den Proben an Alfreds Motorrad überein. Mit den Genproben sieht das anders aus.

Zwei der Mountainbiker haben ihre Spuren an Alfreds Portemonnaie hinterlassen. Die Jagd kann beginnen. Natürlich verspricht der Diebstahl des Geldes und die unterlassene Hilfeleistung keine angemessene Strafe. Es steht aber nicht fest, ob die Zwei nichts mit dem Tod von Alfred zu tun haben.

Toni beantragt bei seinen deutschen Kollegen den Haftbefehl für die Zwei. Eigentlich könnte die ganze Gruppe vorerst festgenommen werden. Wer weiß, was die wissen und vertuschen? Die deutschen Kollegen kümmern sich darum. Das ist zumindest deren Aussage. "Die Gruppe rückt uns ganz sicher mit einem dutzend Rechtsanwälten auf die Hütte", sagen sie am Telefon. Toni wird etwas skeptischer. 'Wenn die Geld haben, sind sie eh unschuldig dort", denkt er sich. 'Die muss ich direkt der Tat überführen.'

Heiner ruft noch einmal an. "Wusstest du schon, die Familie von Christine will ein Hotel bauen bei uns im Martell." Toni kann das kaum fassen. "Das ist doch Naturschutzgebiet."

"Der Naturschutz nützt wenig, wenn die Leute im Tal keine Arbeit haben", antwortet Heiner. "Die Bevölkerung des Tales war einverstanden. Es gibt viele Auflagen."

Das rückt die Familie von Christine wieder direkt an den vorderen Platz der Liste von Verdächtigen.

Marco ruft an. Er sagt, im Passeiertal wäre ein ähnlicher Unfall passiert. Dort wurde ein Radfahrer von Hinten angefahren. Es gibt Lackspuren. Die ähneln den Spuren an dem Motorrad. Toni kommt langsam ins Träumen.

Bei der Durchsicht der Videos aus der Hotelgarage bemerkt Toni, Alfreds Motorrad wurde angefahren.

Vorwärts. Und wer steigt aus? Christine. Christine schaut sich den Schaden an. Offensichtlich ist sie der Meinung, es wäre nichts passiert. Sie schüttelt den Kopf, steigt ein und fährt. Das Motorrad ist nicht umgefallen. Normal wäre es vom Ständer gerollt und danach, umgefallen. Das liegende Motorrad hätte Christine nicht allein hoch gebracht. Zumindest ist jetzt die Spur von Christines Auto erklärbar. Trotzdem ist sie deswegen nicht frei vom Verdacht. Toni wird lediglich gezwungen sein, noch einmal bei Christine vorbei zu fahren. Stefan fehlt noch. Er schaut sich das Video etwas länger an. Christine stellt das Auto noch einmal ab und geht zurück. Sie hat es aber so abgestellt, das Alfred nicht rauskommt. Alfred schaukelt mit dem Motorrad mehrmals hin und her. Dabei berührt er auch die Stoßstange von Christine. Er flucht etwas über Weiber und deren Parkgewohnheiten. Toni muss lachen. Zu oft ist er in der gleichen Situation. Stefan kommt mit Christine zusammen in die Tiefgarage. Er schaut sich das Auto an und schimpft auch mit Christine. Er setzt sich hinter den Lenker und Christine setzt sich artig daneben.

Auf den Videos von den Brücken und Viadukten sind drei Sportautos zusehen. "Die fahren wie die Ochsen", schimpft Toni wieder. Er gleicht die Nummern mit den Meldungen von den deutschen Kollegen ab.

Wahrscheinlich sind das Testfahrer. Die deutschen Kollegen gaben sie als Werksfahrer an. Also, genau so wie normale Lastwagenfahrer. 'Was suchen die bei uns hier? Haben die zu Hause keine Straßen? Warum fahren die ausgerechnet in ein Naturschutzgebiet?' Das allein wäre schon ein Ermittlungsgrund.

Der Radfahrer vom Jaufen ist im Krankenhaus gestorben. Eigentlich wollte Toni noch bei ihm vorbei fahren. Jetzt ärgert er sich, das nicht rechtzeitig getan zu haben.

Er ruft seine deutschen Kollegen an, ob die zufälligerweise wissen, wo die Unfallfahrer übernachten. Es dauert etwas bis zum Rückruf.

"Im Passeiertal. In St. Leonhard. Hotel, Der Jaufenbiker." Er ruft die Carabinieri in St. Leonhard an. Sie bestätigen ihr Protokoll. "Und die sind nicht verhaftet worden?"

"Oh, doch! Zur Zeugenvernehmung."

"Das ist Alles?"

"Ja. Sie haben zu Protokoll gegeben, der Radfahrer wäre in der falschen Spur gefahren."

"Also, ist das in einer Kurve passiert?"

"Genau."

"Habt Ihr die Fotos vom Unfallort?"

"Wir schicken Dir ein paar Abzüge per Mail."

"Danke, Ihr Lieben."

Die Fotos kommen sofort nach dem Telefonat.

Die Aussage der Autofahrer scheint so nicht zu stimmen. Der Radfahrer fuhr bergaufwärts. Wieso soll der die Kurve auf der Mitte oder Außenspur fahren in einer Rechtskurve? 'Die lügen', denkt sich Toni. Es dauert nicht lange und die Daten der Fahrer kommen. Es sind Testfahrer von einem ausländischen Autohersteller. Sie sind also Rennfahrer. Testfahrer sind meist Rennfahrer. 'Und die fahren unsere Bevölkerung tot!', denkt sich Toni. Toni stellt sich gerade vor, seine Mutter oder sein Vater wären dort mit dem Rad unterwegs gewesen.

In dem Fall, ließe sich ganz sicher wegen fahrlässiger Tötung ermitteln. Einen Vorsatz zu beweisen, wäre sicher schwer. Wobei Rücksichtslosigkeit, schon als Vorsatz zu betrachten wäre. Toni kommt ins Grübeln. 'Waren die etwa auch im Martelltal?.'

Er muss sich darum kümmern. Das wird schwer. Wenn die das im Martell waren, ist es immerhin schon mehrfache Tötung. Sozusagen, Tötung aus Gewohnheit. Für das Testen von Fahrzeugen haben die Hersteller immerhin Rennstrecken und Grand Prix. In Urlaubsgebieten haben diese Fahrer nichts zu suchen. Und schon gar nicht, in Naturschutzgebieten. Der Kreis der Verdächtigen erweitert sich. Toni ist das eigentlich nicht recht. Das behindert immerhin die Aufklärung des Falles. Per Mail fragt er bei den Carabinieri, ob sie ihm mit den Daten etwas helfen

können. Er braucht die Namen der Fahrer. Erst dann, kann er die deutschen Kollegen einschalten.
Eigentlich wissen die, wer gefahren ist.
Auf alle Fälle muss er jetzt ins Martelltal.
Die Familie von Christine muss jetzt Stellung nehmen zu dem geplanten Hotelbau. Gesehen hat er jedenfalls noch nichts vor Ort. Die Hotelplanung würde immerhin ein Motiv liefern. Das wäre sicher der Familie nicht recht. Umsonst haben die das nicht verschwiegen.
Toni nimmt gleich noch neue Kameras mit. Die ausgelegten Kameras will er jetzt kontrollieren.
Bei Christinas Familie angekommen, wird er von Julius, dem Vater empfangen. Er wirkt etwas ungehalten. Toni wartet nicht lange und fragt gleich nach dem Hotelplan.
"Das ist ein Familienentscheid", sagt Julius. "Wir haben uns das reiflich überlegt."
"Kann ich die Planungsunterlagen sehen?"
Julius zeigt sie nicht gern. Er legt die Zeichnungen auf den Tisch. Oma und Opa sind dabei. Beim Betrachten der Zeichnungen fällt Toni auf, das Nachbargrundstück ist dabei voll integriert.
"Wissen das ihre Nachbarn?"
"Wir haben schon mal darüber gesprochen."
"Was hat Alfred dazu gesagt?"

"Er war nicht begeistert. Wegen den Schulden seiner Familie."

"Ja. Aber die Schulden hättet ihr ja mit übernommen."

"Das war ja seine Angst. Wenn unser Projekt in die Hose geht, wäre er sein Zuhause los."

"Gibt es denn Probleme bei der Finanzierung?"

"Unsere Banken sehen das etwas skeptisch wegen des Naturschutzgebietes."

"Habt ihr Alternativen?"

"Eventuell, Tiroler Banken."

"Also, Österreichische?"

"Naja. In Morter haben die auch etwas getan."

"Das ist kein guter Plan in meinen Augen." Toni wird skeptisch.

"Das wäre auch der letzte Ausweg."

Toni merkt langsam, die Familie hat sich in Etwas verrannt. Der Plan ist nicht gut. Wenn, dann muss die Initiative aus dem Tal kommen. Und genau das Tal, ist dafür zu arm. Hier muss das Land helfen. Insgesamt sieht er nach dem Gespräch, kein direktes Motiv mehr. Es sei denn, die Familie hat schon einem Dritten etwas versprochen. Damit bliebe eigentlich nur ein Unfall mit Fahrerflucht und dessen Vertuschungsversuch. Marco vermutet aber mehr dahinter. Und genau das, muss Toni nun heraus finden. Der Druck wächst etwas.

Toni fühlt sich nicht wohl. Marco muss ihn wieder etwas aufbauen. Es gibt reichlich Motive und Verdächtige. Nur die Spuren verschwimmen etwas. Die deutschen Kollegen haben die Autoverleiher zusammen gestellt. Die Radfahrer waren mit einem Leihauto unterwegs. Toni hat das Auto sogar auf den Videos gesehen. Nicht im Traum dachte er daran, dort die Radfahrer zu vermuten. Die Deutschen haben auch sofort Proben genommen von dem Fahrzeug. Nichts. Alles frisch poliert. Keine Schrammen.
"Ich brauche Fingerabdrücke und Genproben aus dem Auto.", hat er seinen Kollegen gemailt. "Spurlos können die das nicht gereinigt haben."
Die Kollegen haben versprochen, das Fahrzeug gründlich zu untersuchen.
'Wer solche Riesenplatten voller Rippelen frisst, kann auch mal etwas tun', denkt er sich.
Die Tage verfliegen fast im Sekundentakt. Die Zeit rennt Toni davon und die Spuren werden kalt. Er muss sich dringend noch mal mit den Proben und Ergebnissen befassen. Dort liegt des Rätsels Lösung. Die Daten müssen nur sortiert und zugeordnet werden. Toni sieht ein, er ist etwas übereifrig ans Werk gegangen. Marco geht so etwas bedeutend ruhiger an. Was nützt die Spurenflut, wenn sie nicht zugeordnet sind?

Toni ruft Marco an. "Ich befasse mich jetzt mit der Zuordnung der Spuren."
"Endlich! Naja. Spuren haben wir genug. Ruf mich an in zwei Tagen."

Die Motive

Bei dem Radfahrer war es eigentlich nicht schwer, die Motive für das Schweigen zu finden. Beide Rennfahrer besitzen eine Lizenz, die sie riskieren beim Bekanntwerden ihrer Tat. Mit der Lizenz sind immerhin gewaltige Einnahmen verbunden. Schließlich sind die Mieten und Wohnungen in Monte Carlo nicht ohne. Die kleinen Nebengelasse in der Karibik sind auch nicht kostenlos. Selbstverständlich bekommen sie Schützenhilfe von ihrem Auftraggeber. Der Auftraggeber ist schließlich bekannt dafür, wie er Menschenleben achtet. Man lässt immerhin Kinder im Ausland, in Sechs-Tage-Wochen, Platinen zusammen kleben. Bei so viel Menschenliebe, ist der Tod eines Südtiroler Radfahrers eher eine kleine Panne. Die Namen der Fahrer sind Toni mitgeteilt worden. Rampler und Drängel. Zwei Spezialisten. Marco redet mit der Staatsanwaltschaft wegen der Anklage. Der Rest geht ihn nichts mehr an. Außer dem Pustertal. Dort wurde auch ein Motorradfahrer totgefahren. Von Autofahrern. Und wie die Spurenlage aussieht, könnten Rampler und Drängel eventuell wegen Mehrfachtaten verurteilt werden. Marco stellt sich gerade vor, irgendein Südtiroler hätte in Monte Carlo, denen ihre Kinder überfahren. Das Geheul wäre riesengroß und alle Medien stünden voll mit

Trauerbekundungen. Die zweite Sorte Mensch, würde nur noch Fotos in Schwarz veröffentlichen. Im Nu würden die Familienangehörigen der Kinder spüren, dass selbst ihre Frucht, Ware ist. Von den Versicherungserlösen könnten sie sich immerhin eine neue Residenz leisten.

Toni hat sich auf seine Ranch zurück gezogen. Er möchte heute Abend mal einkehren. Mitunter redet der Stammtisch etwas von der Vergangenheit. Dabei erfährt er oft ziemlich viel über Opfer und Verdächtige.

Das Wetter ist schön und der Gastgarten voll. Das Panorama lädt viele Besucher ein, Fotos zu schießen. Das Abendlicht im Vinschgau ist ungeschlagen. Schade. Der Gastgarten hat erst ab elf Uhr geöffnet. Der Sonnenaufgang mit dem Blick auf Hafling, wäre ein unvergessliches Motiv. In manchem traurigen Wohnzimmer Deutschlands, wäre das der Blickfang.

Nach dem Stammtisch geht Toni etwas auf den Berg. 'Mal sehen, wie es im Ultental aussieht', denkt er sich. Eine kleine Wanderung bringt ihm etwas Licht in die Gedanken. Er entdeckt sogar ein paar Pilze. Die wird er sich zu Hause braten. Als er die drei abschneiden will, kommt ein Kollege. Ein Förster. "Nur ein Kilo! Mehr nicht!", ruft er lachend. "Karl. Bist du wieder auf der Suche nach Pilzsündern?"

"Gestern hatte ich einen mit fünfzehn Kilo im Sack."

"Und?"

"Ich sagte ihm, das kostet fünfundsiebzig Euro. Fünf Euro je Kilo."

"Hat er gekauft?"

"Der Mailänder war froh. Bei ihm in der Stadt kosten die fünfzehn Euro je Kilo."

"Ja. Er hatte Sport, frische Luft, Beeren, Panorama, Pilze und das für fünfundsiebzig Euro."

"Mir gefällt der Gedanke trotzdem nicht. Die Natur ist für Jeden da."

"Naja. Kurtaxe, Hotelkosten, Gastronomie und sämtlicher Service, müsste eigentlich reichen", sagt Toni.

"So sehe ich das auch. Er gab mir das Geld freiwillig; als Spende, sozusagen."

"Du Schlimmer. Hast du es nicht protokolliert?"

"Schon. Bei Monika in der Jausenstation."

"Hast du noch Etwas übrig?"

"Ja sicher! Gehen wir zusammen zu Monika?"

"Gerne. Ich muss etwas Ordnung in meinen Kopf bringen."

"Jaja. Doktor Forst wird dir helfen."

Forst ist eine ortsbekannte Brauerei.

Die Zwei wandern ein gutes Stück zur Jausenstation. Der Beutel ist jetzt mit Pilzen gefüllt. Wirklich feine, kräftige Pilze. Monika lässt sie ihnen braten. Den Rest

füllt sie Toni in ein Glas. Sie kennt Toni und seine Wohnverhältnisse. "Soll ich dir das Glas bringen?"
"Du willst immer mein Bett mit aufschütteln."
Karl lacht laut. "Bei mir schüttelt sie das Bett nicht auf."
"Du bist mir auch zu alt, Karl."
"Du weißt. Im Alter wächst Alles noch ein bisschen."
"Das nützt Nichts, wenn es nicht steht."
Karl wird etwas rot. Wahrscheinlich haben die Zwei das schon öfters probiert.
"Darauf einen Obstler", ruft Karl etwas eingeschnappt.
Monika fährt die Zwei auf den halben Weg zurück.
"Ihr seid zu besoffen zum bergauf Wandern", sagt sie.
So stimmt das nicht. Toni ist höchstens angetrunken. Am Berg oben angekommen, wirft Monika die Zwei ab. "Ab hier könnt ihr rollen", sagt sie ganz trocken. Sie gibt Karl ein Küsschen. Karl streichelt ihr über den wohl geformten Hintern.
"Wir gehen gleich noch mal an den Stammtisch", sagt Karl. Er hat noch nicht genug, wie scheint. Toni geht mit. Er trinkt ab jetzt nur noch Kaffee. Am Stammtisch erfährt er noch ein paar Neuigkeiten von Christine und Stefan. Der Vinschgau ist klein. Es gibt kaum Geheimnisse. Alois, der Hotelchef, ist auch ziemlich oft im Mund der Stammtischrunde. Langsam aber

sicher bilden sich Zusammenhänge. Angeblich hat Christine bei Alois sehr häufig das Büro geputzt.

Toni geht nach Hause. Er isst noch einmal Pilze. Die Steinpilze dominieren das Pilzgericht. Der Koch von Monika hat reichlich Zwiebel mit rein geschnitten. Das schmeckt Toni gut mit dem Schüttelbrot zusammen. Nebenbei schaut Toni wieder Videos und Fotos an. Das Foto der Carabinieri zeigt Toni, der Radfahrer wurde nach einer durch Felsen verdeckten Kurve von Hinten angefahren. Die Fahrer waren demnach eindeutig zu schnell in der unübersichtlichen Kurve. Vor den Kurven steht ein Schild, maximal fünfzig Stundenkilometer. Er schreibt Marco eine Email. Von fahrlässig kann also keine Rede sein.

Danach lässt er seine Videos von den ausgebrachten Kameras durchlaufen. Stefan geht zusammen mit Christine die Stelle ab. Was suchen sie Zwei noch? Würde er jetzt die Regel anwenden, nach der Täter den Tatort wieder besuchen, stünden die Zwei ganz Oben in der Liste der Verdächtigen. Er notiert sich die Stelle und die Zeit der Aufnahme.

Die Meldungen von den deutschen Kollegen enthalten bereits die Namen der Radfahrer. Deren Fingerabdrücke und Genproben müssen noch abgeglichen werden. Es wird spannend. Das Innere des Leihautos wurde genau untersucht. Es gibt reichlich Spuren.

Bei den Aufnahmen vom Hotel bemerkt Toni, die Autorennfahrer haben in diesem Hotel auch zwei Tage genächtigt. Alle drei Autos standen in der Tiefgarage. Er sucht die Zeit ihrer Ankunft. Kurz darauf findet er sie. Das fällt mit der Unfallzeit von Alfred zusammen. Der Weg zu Alois ins Hotel ist unvermeidbar. Dieser Besuch kann zu einem Schlüsselbesuch werden. Er ruft sofort an, um einen Termin festzulegen.

Beim weiteren Verlauf des Videos bemerkt Toni die Mutter von Alfred. Sie legt einen Blumenstrauß und ein Bild an die Stelle des vermeintlichen Unfalls. Toni stutzt etwas. Er hat kein Bild gesehen. Woher weiß Maria, welche Stelle die richtige ist? Er hat es ihr nicht gesagt.

Toni fängt umgehend an, die Videos der öffentlichen Überwachungskameras noch einmal anzuschauen. Darunter sind sicher Bewegungen sichtbar, die bei der Ermittlung zusätzlich helfen.

Am kommenden Morgen treffen die Daten der Radfahrer ein. Toni stellt bei seinen Kollegen den Antrag, die Radfahrer auszuliefern. Zuerst, wegen Verhören und zweitens, wegen Diebstahl. Die anderen Vermutungen lässt er erst mal ruhen. Seine deutschen Kollegen versprechen die Auslieferung. Die umweltfreundlichen Radfahrer bekommen also eine gratis Taxifahrt nach Südtirol. Marco scherzt am

Telefon nach der Information von Toni."Wir stellen ihnen einen Hometrainer in die Zelle."

"Wenn unsere Carabinieri mit dem Radiergummi wedeln, rennen die von ganz allein", antwortet Toni und lacht etwas dabei. Trotzdem steht jetzt für Toni die Frage, ob denn Genproben und Fingerabdrücke als Beweis reichen und zugelassen werden. Marco ist der Meinung, sie sind beweiskräftig. Zusammen mit den anderen Indizien, würde das reichen. Die Zwei machen natürlich die Rechnung ohne die Deutschen. Das Verbrechen fand aber in Italien statt. Marco wird das gewinnen, denkt Toni.

Im Hotel bei Alois, lässt Toni, Christine und Stefan antreten. Bei der Befragung verwickeln sich die Zwei in Widersprüche. Toni wird hellhörig. Die Befragung dauert bis Mittag. Toni wird wieder von Alois eingeladen, vor Ort zu essen. Er sagt nicht ab.

Nach dem Essen fährt Toni wieder ins Martelltal. Er besucht die Familie von Stefan und die Familie von Alfred. Gertrud, die Mutter von Stefan und Christine, hat gebacken. Es gibt Apfelstrudel vom Grafensteiner. Der Strudel vom Klarapfel schmeckt Toni besonders gut. Gertrud packt ihm zwei Stücke ein. Toni lässt sich bei dem Strudel gern bestechen. Gertrud hat ihm auch noch ein Stück Käse mit eingepackt. Den Käse hat sie versteckt. Julius sollte das wahrscheinlich nicht bemerken.

Toni ist relativ zeitig fertig mit der Befragung. Er denkt sich: 'Jetzt fahre ich mal hoch bis Rudis Würstelbude.' Der Imbiss von Rudi steht direkt im Wandergebiet des Ortler. Der Gebiet ist relativ gut besucht. Es gibt eine Hängebrücke und Aufzüge in der Nähe der Würstelbude. Mit den Aufzügen kann der Besucher auf die umliegenden Gipfel fahren und einen sehr schönen Ausblick genießen. Toni fehlt dafür die Zeit. Es gibt eine obere Staumauer. Die wurde nie fertig gestellt. Dafür wurde aber ein Stausee weiter Unten angelegt. Und dort gibt es einen Klettergarten. Toni entschließt sich, auf die untere Staumauer zu gehen. Mal sehen, ob er wieder von etwas Höhenangst geplagt ist. In letzter Zeit hatte er wenig Kontakt mit solchen Höhen. Selbst bei Touren über den Jaufenpass oder das Penser Joch, wird er an manchen Stellen von einem Schwindelgefühl ergriffen. Vor allem auf der Außenseite der schmalen Straßen, an denen keine Geländer verbaut wurden. Bei den rücksichtslosen Autofahrern heutzutage, ist dort für Motorradfahrer, höchste Gefahr. Er kann sich gut in die Lage des Radfahrers auf dem Jaufen versetzen, der leider dort sein Leben verlor.

Die Einzigen, die sich in den Bergen relativ respektvoll bewegen, sind unsere italienischen Landsleute. 'Ihnen müssen wir nur abgewöhnen, Müll aus dem Autofenster zu schmeißen', denkt sich Toni.

Auf der Staumauer wird es Toni etwas schwindlig. Er geht einmal bis ganz hinüber und zurück. 'Das Training muss sein', denkt er sich. Auf dem Rückweg fährt er noch einmal in den Ort Martell. Er möchte seinen Freund Erich besuchen. Der führt einen kleinen Gasthof im Ort. Dort treffen sich regelmäßig die jungen Leute des Ortes nach der Arbeit. Luzia, Erichs Frau und Christoff, sein Sohn sind da. Erich ist gerade im Krankenhaus. Bei der Unterhaltung mit den jungen Leuten und Christoff kommt Einiges an Erkenntnissen dazu. Der Volksmund arbeitet wieder mal. Toni geht noch in die Küche, Luzia besuchen. In der Küche ist es sehr warm. Luzia kocht an einem Ölofen. Die gibt es noch reichlich in den Bergregionen. Es riecht leicht nach Diesel in der Küche. "Ich hab den Ofen erst angeheizt", entschuldigt sich Luzia. "Was kochst Du heute?"

"Ich habe ein paar Lammhaxen geschmort. Erich isst die sehr gern. Auch unsere italienischen Gäste."

"Ich wollte Dich eigentlich über die Familie von Alfred etwas fragen."

Luzia erzählt von dem Verhältnis der zwei Nachbarfamilien. Besser als Luzia, kann das kein Historiker. Offensichtlich sind selbst die Familien intern, ziemlich zerrissen über zukünftige Planungen. Es gibt reichlich Streit. Und dabei dachte Toni, er wäre schon fertig mit der Beweisaufnahme. Bei dem

Gespräch offenbaren sich neue Motive. Alfred war neben seinem Opa, gegen eine Fusion der Nachbarsfamilien. Die Frauen waren dafür. Diese Erkenntnis lässt die Ermittlung in einem anderen Licht da stehen.

Maria, die Mutter Alfreds, kommt eigentlich aus dem Passeiertal. Sie hat dort auch Grund geerbt. Wahrscheinlich wäre sie lieber da als hier im Martelltal. Das muss Toni erst noch erkunden.

Abends auf seiner Hütte trägt er alle Informationen zusammen in seinen Computer ein. Es bilden sich drei Motive heraus. Eifersucht, Schuldenlast, Fahrerflucht. Toni fährt am Morgen ins Passeiertal. Er fährt dort nicht gern. Der Verkehr in dem Tal ist von einer gewissen Hektik geprägt. Außerdem sind viele Abschnitte der Straße zu drehend. In in diesem Tal werden ganz empfindlich die Kurven geschnitten. Wer täglich diesen Arbeitsweg zu fahren hat, ist wirklich nicht zu beneiden. Toni fällt die Unmenge an Blitzanlagen auf. Die geben dem Verkehr einen Rhythmus, der unangenehm ist. Zwischen den Blitzanlagen geben die kenntnisreichen Fahrer, Gas und kurz vor der Blitzanlage, bremsen sie.

Etwas verträumt der Umgebung folgen, ist auf dieser Straße unmöglich. Toni mag das Tal nicht besonders. Es ist feucht und dunkel. Kurz nach Sankt Martin muss er abbiegen. Jetzt beginnt eine fürchterliche Passage.

Schmale Straßen und reichlich Behinderungen begleiten ihn bis zu dem Hof von Maria. Dieser Hof ist gepflegt, intakt und, wie er feststellen darf, bewohnt. Die Weiden sind saftig und stehen voller Kühe. 'Wer bewirtschaftet den Hof?', fragt sich Toni. Am Hof angekommen, wird er von einer Frau im Alter von Maria empfangen. Sie stellt sich mit Agnes vor. Ein Mann kommt mit einer Schubkarre voll Mist aus dem Stall. Rolf ist sein Name. Sie sind die Geschwister von Maria, erfährt Toni auf seine Nachfrage. Spuren von Kindern, bemerkt Toni keine.

Auf seine Frage, ob sie die Einzigen sind, die auf dem Hof leben, kommt die Antwort: "Ja."

Toni fragt nicht weiter, warum sie keine Kinder haben. Die ungefragte Antwort kommt von Agnes ganz allein. "In unserem Beruf möchte kaum Jemand arbeiten." 'Wo sie Recht hat, hat sie Recht', denkt sich Toni.

"Habt ihr Knechte auf dem Hof?"

"In der Saison haben wir zwei Knechte. Einen aus Polen und einen aus Bulgarien."

Saison heißt hier vorwiegend, Mähen, Heu einfahren, Milch verarbeiten, Holz fällen und das Gut sauber halten. Beide Knechte sind da. Der Pole heißt Mateusz und der Bulgare, Bojan. Sie sind gerade im Gehölz beim Bäume Fällen und Schneiden. Dafür braucht es schon ziemlich viel Erfahrung im Gebirge. Das ist nicht ungefährlich. Die zwei Knechte kommen aus

Gebirgsgegenden und sind selbst Bauern. Agnes kocht für sie gerade das Mittagessen. Ziemlich üppig. Es gibt viel Fleisch. Heute hat sie Schöpsernes im Topf. Toni wird etwas neugierig.

Das hat er fast eine Ewigkeit nicht mehr gegessen. Die Südtiroler Traditionsküche findet er langsam immer seltener. Er schaut Agnes etwas bettelnd an. Agnes bemerkt das sofort. "Willst Du mit essen?"

"Hast Du genug?"

"Ein halbes Lamm wird Dir wohl reichen."

Zu Fünft ein halbes Lamm. Toni glaubt, er wäre im Himmel.

"Und was gibt es als Hauptgang?", fragt er scherzend.

"Willst Du noch ein Muas?"

"Nein danke. So hart arbeite ich nicht."

Toni möchte etwas Vertrauen aufbauen. Er braucht das unbedingt für seine Ermittlung. Später, am Tisch, fragt Agnes, warum er sie besucht.

"Geht es um Alfred?"

"Es gibt ein paar Unklarheiten. Alfred wurde auf dem Motorrad mit einem Auto von Hinten angefahren."

"Das ist uns völlig neu. Wir wissen das nicht", antwortet Rolf. "Ich fahre oft mit dem Moto. Wenn ich daran denke."

Das Geländemotorrad hat Toni schon bemerkt. Auch, wie Rolf um seine Maschine geschlichen ist.

"Das Motorrad geht hier nicht besonders gut", sagt er zu Toni. Er bestätigt das. Die Enduros sind ihm aber etwas zu hoch gebaut. Wer hoch sitzt, fällt tiefer. Trotzdem wünscht er sich für seine Straßenmaschine ziemlich oft Stollenreifen. Im Gelände sind die einfach besser. Die Zwei fachsimpeln etwas über Motorräder und ihre Vorzüge. Das Schöpserne schmeckt vorzüglich. Die zwei Knechte essen tatsächlich recht viel vom Lamm. Sie sind hungrig. Wein möchten sie keinen. Aber Tee.

Nebenbei erfährt Toni, Maria will gern das Marteller Gut aufgeben. Das ist vielleicht die wichtigste Aussage, die Toni gesucht hat. Berta und Helmut dagegen, würden gern im Martell bleiben. Helmut findet es hier wärmer. Und das ist gut für seine alten Knochen, sagt er. Der Riss geht durch die gesamte Familie. Schade.

Nach dem Essen geht Toni mit Rolf noch eine Runde. Sie schauen bei den Holzarbeiten der zwei Knechte zu. "Gibt es bei uns hier keine Knechte?", fragt er Rolf. "Sehr wenige. Das will einfach Keiner mehr machen." "Alle schwärmen von Natur und der Arbeit in der Natur. Wenn sie die Möglichkeit bekommen, ist Keiner bereit dafür."
"Man kann dabei nicht reich werden", antwortet Rolf. "Aber, man kann gut Essen", antwortet Toni.

"Und Trinken", sagt Rolf. Er hat eine Flasche Selbstgebrannten in der Hand.
"Ich bin Kriminaler", sagt Toni lachend.
"Jetzt bist Du ein Krimineller", entgegnet Rolf.
"Ich kann nur einen ganz Kleinen trinken."
Rolf füllt eine Kappe von der Flasche.
"Drei Mal gebrannt", sagt Toni.
"Vier Mal", entgegnet Rolf.
Agnes ruft zum Kaffee. Sie hat eine Schwarzplententorte gebacken. Mit Schokodecke, Nüssen und reichlich Marmelade. Toni tropft der Zahn. Sie sitzen Draußen. Unter einem weiten Dach. Der Verkehr unten auf der Straße, sieht aus wie ein Ameisenhaufen in Bewegung. Agnes und Rolf gähnen. Es ist ihre Zeit der Mittagsruhe. Toni muss aufbrechen. Rolf schaut ihm hinterher und winkt.
Um diese Zeit fährt Toni nicht gern durch das Passeiertal. Es ist reichlich Betrieb. Touristen mischen sich unter den Werksverkehr. Gastronomen sind reichlich unterwegs wegen ihres geteilten Dienstes. In bestimmten Passagen staut es. Linienbusse und Lieferverkehr mischen sich mit Touristen- und Werksverkehr. Das ist eine gefährliche Tageszeit. Die volle Konzentration wird gefordert. Meran will er umfahren. Er fährt über Obermais. Auf halbem Weg biegt er ab zur Dantestraße. Das ist ein Schleichweg, der gern von Zweiradfahrern genutzt wird. Auf die Art

kommt er am Pferderennplatz vorbei und kann in Meran Mitte auf die MEBO abbiegen. Der Stadtverkehr ist ihm zu gefährlich um diese Zeit.

In der Töll angekommen, kann Toni abbiegen zu sich nach Hause. Die Straße zum Aschbach hinauf ist immer etwas feucht. Langsam liegt auch etwas Laub auf der Straße. Das Antiblockiersystem und die Antischlupfregelung geben oft Laute von sich. Gelegentlich muss er einem Steinschlag ausweichen. Trotzdem ist die Straße recht gut gepflegt.

An seiner Hütte hängt wieder ein Beutel. Vor der Tür steht ein kleines Milchkännchen. Für das Abendbrot überlegt sich Toni, ob er sich nicht ein kleines Muas kocht. Toni hat sein eigenes Rezept. Das Muas kocht er in zwei Pfannen vom Hartweizen. Kurz, bevor es fertig ist, nimmt er die zweite Pfanne, gibt Butter und Zucker hinein und das Muas oben drauf. Er ist wie verrückt auf die Karamellkruste an der Unterseite des Muas. Köstlich. Im Beutel ist auch eine Flasche Bier. Jetzt, zum Feierabend, trinkt er sie. Am Morgen muss Toni nach Meran. Die Radfahrer werden verhört. Marco ist auch zugegen. Um die Radfahrer vorher etwas einzuschüchtern, fängt Marco das Gespräch an. Er mischt gekonnt die italienische Sprache mit der deutschen. Die Radfahrer verstehen nur die Hälfte. Ihnen droht Knast. Italienischer Knast. Marco wirft ihnen Raub vor. Raub ist Diebstahl mit

Körperverletzung oder dessen Androhung in Tateinheit. Die Strafe dafür reicht eigentlich, um jeden Kieselstein des Betonmauerwerkes der Zelle zu zählen. Unter zehn Jahren ist da nichts zu bekommen. Nach zwei Stunden fängt der Erste an zu weinen. Der Rest ist etwas zäher. Einer weint gar nicht. Den schickt Marco zurück in die Zelle. "Der braucht noch etwas Bedenkzeit", sagt er. Die anderen Drei werden jeder in einem Extraraum verhört. Toni beobachtet alle durch den Spiegel. Eine Sprechanlage lässt ihn Alles mithören. Wie erwartet, schieben alle Drei die Schuld auf den jeweils Anderen. Aber alle Drei sagen, Alfred wäre ihrer Meinung nach, tot gewesen. Auf den Vorwurf der Unterlassung von Hilfe, reagiert nicht Einer. 'Die bedauern das nicht mal', denkt sich Toni. 'Das gibt sicher ein Jahr extra.' Toni stellt sich gerade vor, Einer von Denen, liegt mit einem gebrochenem Bein im Wald nach einem Sturz. Auf seinen Touren trifft er häufig gestürzte deutsche Motorrad- oder Radfahrer, die ihn um Hilfe anbetteln. Seine Telefonate bekommt er oft nicht bezahlt von Denen. Er müsste demnach zuerst die Hand hin halten, ein Geld verlangen und danach die Rettung organisieren. Nach den Aussagen der Radfahrer, droht er Allen mit einem gemeinschaftlich begangenem Diebstahl. Das zeigt Wirkung. Die Radfahrer einigen sich darauf, einen Sündenbock zu benennen. Damit sind die

Anderen nur Mitwisser. Klar ist, der Familie von Alfred ist das Geld zurück zu geben. Die Verhöre waren nervenaufreibend. Schockiert ist Toni von der Ignoranz. Er kann sich einfach nicht vorstellen, wie Menschen einem Verletzten oder Toten, die Taschen ausräumen. Er würde das eher von Söldnern in einem Krieg erwarten. Beute.

Einer der Vernommenen, Max, verplappert sich.

"Der Mann war noch warm", sagt er.

Toni ordnet sofort an, die Radfahrer bis zur Verhandlung einzusperren. Jetzt ist die unterlassene Hilfeleistung nachgewiesen. Die haben also auch in seinen Taschen nach Wertvollem gesucht. Die Frage ist, ob Alfred eine Uhr oder sonstige Wertgegenstände bei sich hatte. Toni schüttelt immer wieder mit dem Kopf. Er ist überrascht bei so viel Kaltblütigkeit. 'Die sind sich keiner Schuld bewusst', denkt er immer wieder. 'Habe ich es wirklich mit Menschen zu tun?'

Bei dem Verhör kommt heraus, die Räder waren geliehen. Toni kann also nicht mal die Räder beschlagnahmen lassen zur Deckung der Kosten. Jetzt wäre interessant zu wissen, ob es überhaupt greifbare Dinge in deren Besitz gibt.

Das Verhör wird vertagt auf Morgen. Toni ist sich sicher, er erfährt bedeutend mehr als er bis jetzt weiß.

Zum Feierabend nimmt er sich vor, die Videos noch genauer an zu schauen. Bisher ist diese Beschäftigung jedes Mal an einer Art Ermüdung gescheitert, die sich nach zwei bis drei Stunden einstellt. Das Material ist zu zahlreich. Kollegen würden aber das, was er sucht, nicht finden. Marco fehlt ihm jetzt etwas. 'Ich muss ihn bitten, mir zu helfen', denkt er sich.

Nach einem kurzen Telefonat mit Marco, steht fest, Marco hat etwas Zeit. Dazu bemerkt Toni, Marco ist recht gut vertraut mit seinem Erkenntnisstand. Gelegentlich schneidet Toni mit dem Telefon, seine Zeugenbefragungen mit. Beim Abhören fällt ihm auf, die Jugend im Martell spottet teilweise über Christine. Sie sei schwanger. "Aber sicher nicht von Alfred", fällt als Bemerkung. Toni selbst dachte bei ihrem Anblick, 'die ist voll gefressen'. Wie scheint, mit den falschen Nahrungsmitteln. Jetzt erklärt sich auch langsam, warum Alfred unbedingt mit Karin gehen wollte und Christine ablehnte. Offensichtlich war die Tatsache im Munde der Jugendlichen untereinander. Die haben Christine eh nicht als besonders treu angesehen.

Toni muss wieder zur Familie von Christine fahren. Vorher will er Christine im Hotel befragen und einen Termin vereinbaren. 'Der muss ich jetzt richtig auf die Pelle rücken', denkt er sich.

Am Morgen wird Toni schon von Zeitdruck geplagt. Erst das Verhör der Radfahrer und dann der Hotelbesuch. Marco muss ihn nach zwei Stunden ablösen beim Verhör der Radler. Anders bekommt er Termindruck. Die neuen Tatsachen lassen ihn langsam daran zweifeln, den Fall schnell lösen zu können. Ständig ergeben sich neue Motive. Warum war die Familie von Christine an einer raschen Hochzeit interessiert? Wissen sie von der Schwangerschaft? Kennen sie auch den Vater? Im Hotel muss Toni unbedingt noch einmal die Kollegen befragen. Vielleicht kommt noch Etwas heraus?

"Wollen wir die Zeugenbefragung lieber hier machen?", fragt er Marco.

"Das ist zu viel Aufsehen", antwortet er. "Da kommen wir auch durcheinander. Bei Vorladungen wird nur spärlich geantwortet. Das bringt uns Nichts."

"Hast Du einen Tipp, wie ich vorgehen kann?"

"Versuch einfach, die untereinander etwas auszuspielen. verhöre sie einzeln. Lüge sie einfach an, Das oder Jenes hätten Kollegen gesagt."

Der Rat klingt gut. Marco ist ein guter Taktiker. Bei den Radfahrern hat das Etwas gebracht.

Es stellt sich heraus, die haben die Beute geteilt. Und das spricht an sich für ein organisiertes Verbrechen. Die Frage ist jetzt noch, ob Alfred vielleicht noch lebte oder gar gerettet werden konnte zu dem Zeitpunkt, als sie ihn beraubten. Alfred hatte eine Uhr an. Auch ein Goldkettchen. Die Radfahrer haben zu gegeben, es ihm abgenommen zu haben. Selbst den Führerschein und den Ausweis haben sie ihm geklaut. Beides wurde bereits verkauft. An die Käufer kommt Toni ohne Hilfe nicht ran. Das übergibt er den Carabinieri. Die haben bei diversen Grenzkontrollen eher die Möglichkeit, Alfreds Papiere wieder zu entdecken. Langsam entwickelt sich das Verbrechen zu einem Großverbrechen.

Alois, der Hotelchef, hat das Auto der Testfahrer, zwei Stunden lang Probe fahren dürfen. Und jetzt kommt der Clou. Christine ist mit ihm gefahren. Toni fragt sich jetzt, ob die Zwei im Martell waren und vor allem, wo.

Marco erzählt Toni gerade von dem toten Radfahrer auf dem Jaufenpass. Beide sind fassungslos. Der Unfall ist ein Arbeitsunfall. Für die Testfahrer natürlich. Die Südtiroler Familienangehörigen werden das etwas anders sehen. Marco konnte nicht erfahren, ob und wie hoch sie abgefunden werden. Marco sagt: "Je größer der Trauerzug, desto höher die Abfindung." Den zwei Kommissaren wird schnell bewusst, ein Leben ist in diesen Kreisen wenig wert. Sie fragen sich bisweilen, warum sie so gründlich ermitteln. Am Ende, wird nur um eine Abfindung gestritten. So bedauerlich ein Opfer für die Familien ist, versucht die jeweilige Familie wenigstens, ein dauerhaftes Gedenken zu organisieren. Das Opfer soll auf diese Art, der Familie einen nachhaltigen Nutzen bringen.

Toni bricht auf. Der Besuch der Gelben Schwalbe liegt an. Der Termin ist aber erst morgen. Er möchte so, Absprachen unter dem Personal verhindern. Marco hat ihm das so empfohlen.

Wie üblich, darf er sich in der Tiefgarage einen Platz suchen. Vor dem Hotel ist wieder Alles besetzt. Sogar der freie Platz für die Feuerwehr.

An der Rezeption steht wie immer Mira. Karin tippt gerade etwas in den Computer. Sie grüßt freundlich. Von Trauer ist nichts mehr zu sehen. Auf Arbeit kann sie die, offensichtlich, leichter überwinden. Karin zeigt auf die hintere Bürotür. Der Chef ist da. Toni schließt die Tür.

Nach der Begrüßung geht es gleich zur Sache. Er fragt Alois nach den zwei Stunden.

"Ich war mit Christine beim Doktor", ist die schnelle Antwort.

"Wer ist der Doktor?"

Immerhin braucht Toni dessen Bestätigung.

"Krausig heißt er. Er arbeitet in Meran."

Naja. Die Zeit würde passen. Warum Alois gerade mit dem Sondermodell gefahren ist, muss Toni noch erfragen.

"Warum hast Du dafür das Sondermodell genutzt?"

Jetzt stottert Alois etwas. Toni wird hellhörig.

"Ich wollte mal testen, wie der sich fährt."

"Im Stau in Richtung Meran?"

Alois schluckt.

"Eigentlich wollte den Christine mal testen. Ich will ihr ein Auto kaufen."

"Das Auto hat sie sich bestimmt verdient."

"Ja. Sicher."

Weiter will Toni nicht fragen. Im Grunde reicht das. Er muss jetzt Zeugen finden.

"Gibt es Zeugen?"

"Meinen Doktor."

"Und außer dem, noch Jemand?"

"Gesehen haben uns viele Leute."

Toni entschließt sich, die Stadtkameras zu nutzen. Das gibt wieder schöne Videostunden.

"Hast Du direkt vor der Praxis geparkt oder auf einem Parkplatz?"

Toni weiß, vor der Praxis ist das Parken nur den Ärzten erlaubt. Da darf kein freier Platz sein. Es sei denn, ein Arzt hat einen Hausbesuch. Toni parkt aber da. Genau auf dem freien Platz vor den parkenden Autos. Die kämen jetzt nicht weg im Notfall. Bei Ärzten ist das schon etwas gewagt. Er lässt seine Autotür offen und den Schlüssel stecken. 'Das muss reichen', denkt er sich.

Krausig steht mit auf dem Schild. Er klingelt und eine Frau antwortet ihm per Sprechanlage. Er erschreckt bei dem knarrenden Geräusch der Anlage. Die ist zu laut und der Ton fast schon lästig. Das Elektroschloss gibt ihm mit einem Summen bekannt, die Tür ist geöffnet.

Im Warteraum sitzt genau eine Frau. Allein. Sie starrt Toni an, als käme er von einem fremden Planeten. Kein Guten Tag oder Guten Morgen. Nichts. Toni grüßt. Die, etwa vierzig Jährige, knurrt irgend Etwas vor sich hin.

Die Sprechstundenhilfe kommt heraus und ruft den Nächsten auf. Toni steht auf. Die Frau auch. Sie kreischt umgehend Toni an, sie wäre zuerst hier gewesen. Mit einem Mal bringt die doch tatsächlich den Mund auf.

"Kriminalpolizei", sagt Toni. Die Frau schluckt und zieht sich trotzend zurück. Sie murmelt wieder Etwas vor sich in.

Toni möchte schnell machen und kommt gleich zur Sache.

"Von Wann bis Wann war Alois und Christine bei ihnen?"

"Von Alois weiß ich nichts. Nur Christine war bei mir."

"Warum?"

"Die ist im dritten Monat und hatte Kopfschmerzen."

"Haben sie Christine krank geschrieben?"

"Für drei Tage."

Allerhand. Drei Tage krank wegen Kopfschmerzen. Toni findet das seltsam. Zumal das Christine nicht erwähnte. Alois auch nicht. Jetzt muss Toni heraus bekommen, ob Christine auch drei Tage gefehlt hat.

"Wer ist der Vater des Kindes?"

"Alois. Er hat das testen lassen. Positiv."

"Was sagt seine Frau dazu?"

"Die ist doch selten da. Sie wohnt in der Toskana und weiß das."

'Eine kaputte Ehe auch noch', denkt sich Toni. 'In dem Gewerbe, nichts Neues.' Ihm fällt gerade ein Sprichwort ein: 'Frauen, Alkohol und Nikotin - raffen die halbe Menschheit hin.'

Die Aussage muss Toni jetzt abgleichen. Alois hat also nur die halbe Wahrheit gesagt oder gelogen. Der Besuch beim Doktor war trotzdem ziemlich hilfreich. Alois hat eine unerklärte Fehlzeit und Christine einen Nachwuchs im Bauch, der nicht von Alfred stammt. Nach seinen Kenntnissen, sollte damit Alfred die Vaterschaft untergeschoben werden. Toni schüttelt den Kopf. Er fragt sich gerade, wie oft das allein in Südtirol passiert.

Toni hat sich deswegen sterilisieren lassen. Mit reichlich Schadenfreude würde er auf eine angebliche Vaterschaft reagieren. Letztendlich könnte er sich extra für die Vaterschaft, die Fruchtbarkeit zurück geben lassen. Das ist zwar etwas teuer. Dafür ist es aber auch wirklich sein Wunschkind und kein Kuckucksei. Er weiß schon, dass die hiesigen Frauen gerne eine Mischung anstreben, um gewisse Erbkrankheiten zu vermeiden. Der persönliche Spaß kommt dabei sicher nicht zu kurz.

In einer Neidgesellschaft führt das bisweilen zu Reibereien. Und die landen eben bei ihm auf dem Schreibtisch. Toni sieht ein, er lebt davon. Traurig.

Auf der Rückfahrt steht er fast eine Stunde im Stau. Der Straßendienst ist bei der Arbeit. Der Herbstschnitt der Straßenränder ist fällig. Er fragt sich gerade, ob das Sondermüll ist oder dem Kompost zu gegeben wird.

Warum wird die Straße ausgerechnet immer im Werksverkehr gepflegt? Toni bekommt langsam etwas Wut. Die Reise in das fünfzehn Kilometer entfernte Naturns dauert weit über eine Stunde. Toni fragt sich, warum er nicht zu Fuß gegangen ist.

In der Gelben Schwalbe angekommen, trifft er wieder Mira. Mira hat gerade mit Gästen zu tun, die sich mit ihr um die Rechnung streiten. Der Inhalt der Hausbar ist denen zu teuer. Mira bemerkt Toni und empfiehlt den Gästen, sich direkt bei der Polizei zu beschweren. Sie zeigt dabei auf Toni. Toni wird etwas rot bei dem Hinweis. Sofort herrscht Ruhe bei den Gästen und sie wollen zahlen ohne zu murren. Ihre Karte wird von dem System nicht angenommen. Die Gäste, eine Familie mit Kindern und Großeltern, werden nervös. Sie schauen sich untereinander etwas zweifelnd an. Toni amüsiert sich innerlich. Der Familienvater zückt sein Portemonnaie. Nach dem Öffnen entfaltet sich eine Kartensammlung, die hier zu Lande vergeblich einen Vergleich sucht. Mira staunt bei dem Anblick. Der Vater zückt eine andere Karte: "Probier die mal", sagt er zu Mira. Karin kichert etwas am Computer in Richtung Toni.

Karin sieht am Computer den Kontostand der Karte. Die Karte funktioniert endlich. Die Nervosität legt sich bei den Hausgästen. Toni kann endlich nach Alois und Christine fragen. Alois hört das und bittet Toni ins Büro.

Auf die Frage, wo er sich bei dem Arztbesuch Christines aufhielt, antwortet er locker. "Ich habe in der Bar einen Kaffee getrunken."

Toni fragt sofort, ob es ein Kaffee mit Schuss war. Alois empfindet die Frage etwas beleidigend.

"Und wenn?", antwortet er.

Toni weiß schon, warum er das fragt. Die Südtiroler verrechnen sich ziemlich oft bei der Größe des Schöppchens. Auch das Addieren des Konsums fällt ihnen ziemlich schwer. Null Komma Fünf Promille sind schnell erreicht.

Mit den Daten vom Arzt weiß Toni jetzt, wann die Zwei vermutlich zurück gefahren sind.

"Bist du gleich nach der Behandlung zurück gefahren mit Christine?"

"Ja. Ich habe sie nach Hause gebracht."

Toni muss etwas überlegen. Wann war der Arztbesuch und wann der Unfall? Das passt nicht zusammen. Er muss Kleinbei geben.

"War Christine die folgenden Tage auf Arbeit?"

"Ich weiß nicht", antwortet Alois.

Toni wird misstrauisch. 'Alois weiß nicht, ob eines seiner Zimmermädchen, die werdende Mutter seines Kindes, gearbeitet hat.'

"Wer ist die Gouvernante hier?", fragt er Alois.

"Alena", antwortet Alois.

"Die brauche ich jetzt für einige Fragen", sagt Toni.

Alois lässt Alena von Karin ausrufen.

Es dauert nicht lange und eine sehr hübsche Frau kommt zur Rezeption. Alena. Karin ruft Toni zu Alena und stellt die Zwei untereinander vor. Toni rollt mit den Augen und bringt den Blick nicht weg von dem wunderschönen Weib. Alena bemerkt das und lächelt.

"Wie heißt Du?"

"Alena."

"Woher kommst Du?"

"Aus Moldawien."

"So weit? Gefällt es dir hier bei uns?"

"Nein. Ich bin wegen dem Geld da."
Toni ist von der Ehrlichkeit und dem guten Deutsch etwas beeindruckt. So ein gutes Deutsch sprechen nicht mal seine Landsleute.
"Hat Christine mit ihrem Krankenschein gearbeitet?"
"Christine war krank? Das ist mir neu."
"Sie war also täglich hier im Betrieb?"
"Ja!"
"Auch beim Personalessen?"
"Immer. Wir essen auch mit, wenn wir krank sind."
"Wo hat Christine gearbeitet?"
"In der Wäschekammer und in der Wäscherei. Wir machen das immer so. Vor allem, um Kontrollen aus dem Weg zu gehen."
"Können sie das bezeugen?"
"Nein."
"War Christine den ganzen Tag in der Wäscherei?"
"Das weiß ich nicht genau. Wir kommen erst gegen Zwölf dorthin."
"Und von da an war Christine die ganze Zeit bei Euch?"
"Nein. Sie war nur zwei Stunden da. Sie hatte Kopfschmerzen."
"Danke, Alena. Wir sind fertig für Heute."
Toni lässt noch zehn Kolleginnen von Christine antreten. Bezeugen will das keine. Das wird schwer. Er muss einen Weg finden, die Tat direkt aufzuklären.

Vielleicht mit einer List. Er telefoniert noch einmal mit Marco darüber. Marco ist enttäuscht von dem Ergebnis.

"Ich werde auch mal ein Verhör starten. Vielleicht gelingt es mir. Wir müssen den Druck erhöhen."

"Was willst Du machen? Mit der Ausweisung drohen?"

"Das wäre schon mal eine effektive Lösung."

"Ja schon. Aber ein paar Stichworte sind gefallen bei meinem Verhör."

"Setze dort mal an. Ich komme morgen hinzu."

Toni lässt noch einmal zwei Kolleginnen zusammen kommen. 'Jetzt kann ich sie untereinander austricksen', denkt er sich.

Eine fragt er sofort, wann Christine immer frei nimmt.

"Christine geht immer halb Zwei."

"Täglich?"

"Ja. Immer. Wir haben zu der Zeit viel Arbeit an der Bügelmaschine."

"Ihr kommt also nicht weg vor Feierabend?"

"Höchstens zu einer Zigarette und zur Toilette."

"Das Auto vom Chef ist zu der Zeit da oder nicht?"

"Normal steht es immer vor dem Eingang. Nachmittags steht es selten da."

"Der Chef macht also eine Mittagspause."

"Immer."

"Christine geht auch zur Mittagspause?"

"Ja. Immer halb Zwei."

Damit hat Toni die Bestätigung. Alois und Christine sind ab halb Zwei immer zusammen. Eine der zwei Zimmermädchen sagt, die Zwei würden immer zusammen weg fahren. Jetzt fragt Toni wieder, ob sie das bezeugen können.

"Wir können das nicht. Wir bekämen im ganzen Land nie wieder eine Arbeit. Das wissen wir von Kolleginnen."

"Alles klar. Danke ihr Zwei."

"Eine Frage habe ich noch. Was für ein Auto hat der Chef?"

"Er hat mehrere. Ein Dienstauto und ein Privatauto. Das Privatauto ist ein Sportwagen. Einige Kolleginnen sind schon mitgefahren in dem Wagen. Zum Essen und so."

"Wo steht der Privatwagen?"

"Das wissen wir nicht."

"Seid ihr schon mit gefahren?"

Die Zwei schauen sich untereinander an.

"Ja."

Sie werden etwas rot dabei.

"Wann ihr mit gefahren seid, wollt ihr mir nicht sagen."

"Das ist schon länger her."

"Das waren also kleine Spritztouren."

"Jaja. Sehr kleine Spritztouren."

Die zwei Frauen lachen ziemlich laut. Wenn das Alois hören würde, wäre deren Arbeitsverhältnis beendet. "Danke."

Die Zwei gehen. Toni hat sehr viel heraus bekommen. Er schaut den zwei Frauen hinter her. 'Da könnte ich auch nicht widerstehen', denkt er sich. 'Mit so einer Frau in meiner Hütte...würde mir sicher nicht kalt werden.'

Der Fall bewegt Toni recht sehr. Auf dem Telefon sieht er, eine Nachricht von Marco ist da. Das ist die beste Gelegenheit, etwas Büroarbeit auf der Hütte nach zu holen.

Der Weg zur Hütte wird eine Geduldsprobe. In beide Richtungen steht der Verkehr. Mit einem Mofa wäre Toni schon zu Hause. Er versucht, ein paar Schleichwege durch die Apfelplantagen. Dort ist eigentlich jetzt auch Stau. Die Apfelernte läuft bereits. Er fährt in Naturns durch das Gewerbegebiet und die Straße hinten entlang durch die Apfelplantagen. Es ist weniger Stau als er vermutete. Im Gegenteil. Auf dem Sägeweg in Plaus gibt es etwas Verkehr. Das war es auch schon. Die Ried hinten durch nach Rabland, sind ein paar Traktoren zu sehen. Die stehen aber alle in der Plantage. Außer ein paar Einheimischen, trifft er niemand. Da in Richtung Töll auf der Hauptstraße dicke Luft herrscht, entschließt sich Toni kurzerhand, den Wanderweg in Richtung Bad Egart zu fahren. Das ist eigentlich ein Wanderweg. Aber, die jungen Leute des Ortes fahren den auch ziemlich oft mit ihren Geländemaschinen. Auf diesen Weg, muss Toni die Zunge ziemlich gerade in den Mund nehmen. Der ist stellenweise etwas nass und weich.

Geschafft. An der Hütte hängt ein Beutel von Monika. Zwei Gläser Pilze sind darin. Monika ist nicht da. Das würde jetzt noch fehlen. Er schaut vorsichtig hinter seine Hütte. Dort steht seine Hollywoodschaukel neben einem Grill. Auf der Schaukel sitzt Monika.

"Ich habe heute frei."

Sie schlägt die Beine übereinander. In der Hand hat sie eine Kaffeetasse. Was das heißt, wenn Monika die Beine übereinander schlägt, muss Toni nicht erraten. Monika hat eh sehr wenig an. 'Und das jetzt', denkt Toni. 'Naja. Den Lohn hat sie schon her gehängt.'

"Hast Du viel zu tun?"

"Ich habe mehrere Verdächtige und auch mehrere Spuren."

"Kann ich dir etwas Ordnung in die Suche bringen?"

"Kommt drauf an, wie lange du suchen möchtest."

"Naja. Ich denke, das wird relativ schnell gehen bei dir."

'Wie Recht sie hat', denkt Toni.

Nach zwei Stunden will Monika noch etwas Essen kochen. Sie hat Hunger. Toni auch. Monika wirft den Grill an. In der Tasche hat sie zwei Riesensteaks.

Schon fertig gewürzt. Was will Toni mehr? Toni hat in der Hütte zwei leere Blechdosen, die er als Topf benutzt. In eine der Dosen gibt er den Inhalt von einem Glas Pilze und stellt sie mit auf den Grill. "Natur pur", stöhnt Monika. Monika macht einen recht zufriedenen Eindruck. Toni auch. Ihm kommt vor, als wäre der Kopfinhalt jetzt frisch sortiert.

Das Essen schmeckt prima. "Was glaubst du, wer es war?"

"Eigentlich rede ich nicht gern in diesem Stadium darüber. Es gibt mehrere Verdächtige."

"Du traust mir nicht?"

"Schon. Aber, ehrlich gesagt, will ich vermeiden, über Unschuldige zu richten. Was ich dir sage, ist schnell im Volksmund."

"Du hast Recht. Manchmal kommt schon diese oder jene Bemerkung unkontrolliert heraus. Du kennst ja die hellen Ohren unserer Gäste."

"Habt ihr heute auf?"

"Wir haben immer auf. Das weißt du doch."

"Hat die Mama heute Dienst."

"Ja. Papa ist auf der Jagd."

"Und wo ist dein Freund?"

"In Bulgarien oder in der Türkei."

"Ist er schon lange weg?"

"Über einen Monat. Willst du etwas von ihm?"

"Nein. Nur von dir."

"Du Scherzbold!"

Die Pilze zum Fleisch schmecken vorzüglich.

"Habt ihr den Koch gewechselt?"

"Nein. Flavio hat die gekocht."

"Der wird langsam immer besser."

"Ohne ihn wäre es bedeutend schwerer. Der schmeißt das halbe Geschäft."

"Willst du noch duschen?"

"Hältst du die Gießkanne?"

"Wenn du lieber Karl willst, bitte."

Endlich kann Toni wieder mal lachen. Das hat gefehlt in den letzten Tagen. Toni hat sich über seine Dusche ein Becken eingebaut. Das Becken heizt er mit einem Tauchsieder. Das System ist ihm lieber als fertige Duschwannen. Die sind ihm innen eh viel zu glatt. Das mag er nicht. In seiner Dusche hat Toni Terrakotta Fließen verlegt. Er stellt sich gerade vor, er würde allein in der Duschwanne ausrutschen. Frühestens am kommenden Tag, käme eine Hilfe. Dann erginge es ihm wie Alfred.

Das Wasser ist jetzt warm. Nicht heiß. So mag es Monika. Toni hilft ihr beim Einseifen. Als er sie so einreibt, denkt er schon an eine Hochzeit mit ihr. Zuerst reibt er den Rücken ein. Monika dreht sich um und stöhnt. Toni sieht das schön blanke, volle Falzl.

"Wenn ich dich so streichle, denke ich schon darüber nach, dich zu heiraten. Du fehlst mir oft abends."

"Soll ich bei dir einziehen?"

"Das bist du doch fast schon."

"Ich meine, für immer."

"Du hast Alles, was mir fehlt. Du bist sauber, klug, fleißig und sehr schön. Was ist mit deinem Freund?"

"Der ist eh nie da, wenn ich ihn brauche. Ich rede mit Vater und Mutter darüber. Wir passen sehr gut zusammen. Soll ich heute bleiben?"

"Ich muss aber noch etwas arbeiten. Deine Gegenwart gibt mir neue Impulse."

"Ich koche dir noch einen Kaffee."

"Danke, meine Liebe."

Marco hat geschrieben, bei dem tödlichen Unfall im Pustertal, wurden dem Opfer auch die Taschen ausgeräumt. Man hat Genproben. Es sind wieder Proben, die in Italien noch nicht erfasst wurden. Er schreibt, die Genproben gleicht er mit den Proben der inhaftierten Radfahrer ab. Morgen würden sie sich gegen Acht, bei ihm in der Hütte treffen. Toni ruft gleich an. Marco scheint neben dem Telefon zu schlafen. Das heißt, wenn er überhaupt schläft. Die Antwort klingt recht munter. Schon beim zweiten Klingelton ist Marco ran gegangen. Er sagt, er hat noch nicht geschlafen.

"Bring bitte gleich frische Brötchen mit", beauftragt ihn Toni. Ein paar Minuten später ist Marco schon da.

"Bist du mit der Gondel gefahren?"

"Ja. Zurück nehmen wir dein Motorrad."

Wenn Marco wüsste, wie der Weg beschaffen ist, würde er nicht damit spekulieren.

"Ich heirate!", schreit Toni, Marco fast an.

"Wann?"

"Sofort, wenn es klappt."

"Wen?"

"Monika."

"Ah. Die Juniorchefin der Boxerhütte."

Monikas Hütte wird im Volksmund so genannt. Ich glaube, das ist jetzt auch der offizielle Name.

"Willst du Hüttenwirt werden?"

"So nebenbei, kann das nicht schaden, denke ich."

"Kochen kannst du ja. Auch noch gut. Streite dich ja nicht mit den anderen Köchen herum."

"Dafür bin ich einfach zu selten da."

"Damit hast du Recht."

"Die Genproben der Radfahrer sind identisch. Die Jungs waren auch im Pustertal."

"Ich glaub es kaum."

"Die trainierten für einen Alpencup, der bis zum Garda geht."

"Haben die gedacht, wir finden deren Motive und Spuren nicht?"

"Nein. Das müssen wir erst noch erkunden. Ich denke, die sehen die Opfer nur eher als die Anderen. Die sind mit dem Rad unterwegs und sehen Alles genauer."

"Könnte sein. Welche Spuren sind denn am Motorrad der Opfers?"

"Es sind wieder Lackspuren. Der ähnliche Lack, wie wir ihn auch bei Alfred gefunden haben. Es ist nicht der gleiche. Aber, ein moderner Lack, der bis jetzt noch nicht mit Fahrzeugen verkauft wurde."

"Also, sind wir wieder bei den Testfahrern?"

"Sieht fast so aus."

"Was ist, wenn ein Fahrer seinen Wagen mit diesem neuen Lack versehen hat?"

"Deine Frage ist gut, Toni. Wir müssen sehen, welche Lacke bisher verkauft wurden."

"Die Lacke werden ja auch speziell angefertigt."

"Oje. Ich glaube, mit dem Lack finden wir keine belastbaren Beweise. Es sei denn, wir haben den Fahrer."

Langsam wird es komplizierter für die Zwei. Es könnte fast der Eindruck entstehen, Fahrerflucht lohnt sich. Ein grausiger Zustand. Für Zweiradfahrer wird es wahrscheinlich immer wichtiger, unbemerkt von anderen, Videomitschnitte vom Verkehr zu machen. Nach einem Unfall werden die Verursacher beim Opfer immer ein Speichermedium suchen.

"Deswegen sind wahrscheinlich auch die Taschen unserer Opfer so gründlich durchsucht worden", bemerkt Marco.

Mit der Technik wird es zwar leichter, einen Täter zu finden. Aber nur, wenn die Fahnder an die Speicher heran kommen. Die Speicher sollten vielleicht an Stellen verbaut werden, an die nur Profis in einer Werkstatt heran kommen. Die Freiheit des Rasens wird zwar etwas eingeschränkt, dafür erhöht sich aber die Sicherheit. Für Radfahrer ist das fast schon unmöglich, das Speichermedium zu verstecken.

Im Falle der Testfahrer benötigen die Zwei dringend wieder die deutschen Kollegen. Die müssen heraus bekommen, welche Routen die Testfahrer zurück gelegt haben. Eigentlich benötigen sie das nur für den Abgleich der Spuren.

Trotzdem rücken wegen der Spuren, die Radfahrer in den dringenden Tatverdacht.

Den Radfahrern hat Marco den Spurenbefund mitgeteilt.

Deren Raum für Ausreden, wird kleiner. Marco plant wieder eine Einzelbefragung.

Die zwei Kommissare besprechen einen Schlachtplan. Die Auswertung der vorhandenen Spuren zeigen schon konkrete Verdächtige im Fall Alfred. Bei den Radfahrern sind sie fast am Ziel. Das ergibt sich bei der kommenden Befragung und dem Abgleich der Spuren mit den Aussagen. Wenn jetzt keine neuen Spuren und Motive hinzu kommen, können sie den Fall fast als geklärt ansehen.

"Wie wäre es mit einer kleinen Wanderung zur Boxerhütte", fragt Toni seinen Kollegen.
"Die frische Luft wird uns gut tun. Danach verhören wir die Deutschen."
"Willst Du das wirklich noch heute tun oder bis morgen warten?"
"Naja. Es sind noch ein paar Beweise unterwegs."
An ihnen fährt gerade eine Gruppe Mountainbiker vorbei. Die sprechen auch Deutsch. Keiner fährt auf dem Weg. Alle reißen fleißig die Grasnarbe auf. Dabei geben sie Laute ab, wie "Jeeh!" und "Geil!" Toni zweifelt schon langsam an deren Zurechnungsfähigkeit.
"Sind die frisch entlassen worden?"
"Klingt so."
Die Zwei lachen laut.
"Über unsere Pilze sind die Trottel auch gefahren", jammert Marco. Er hält einen schönen Steinpilz in der Hand, den die Radfahrer teilweise zermatscht haben.
Vor der Hütte Monikas sehen sie von Weitem, hunderte Fahrräder.
"Naturschutz pur", lästert Marco. Toni sieht einen Riesensteinpilz und läuft hastig hin.
"Du stehst in einem Scheißhaufen, Toni", ruft Marco.
Toni schaut auf seinen Schuh.
"Das hätte ich eigentlich sehen müssen. Hier liegt eine ganze Papierfabrik."

"Es fehlt nur Butterbrotpapier", scherzt Marco.
"Jetzt weißt du wenigstens, was unsere Kühe und Schafe krank macht."
"Nicht nur die!", antwortet Marco aufgeregt. "Da kannst du auch blind werden bei am Anblick von so einem fetten, rosa Hintern."
"Das Schnitzel hast du dann umsonst gegessen."
Die Unterhaltung lässt die Zwei den Weg vergessen. Schon stehen sie vor der Hütte in einem Meer aus herum liegenden Fahrrädern.
"Wenn wir hier ohne Beinbruch durchkommen, dürfen wir unserem lieben Herrgott danken."
Auf dem etwas entfernten Hubschrauber Landeplatz, steht ein Hubschrauber der Bergrettung. Sie verfrachten gerade ein Unfallopfer.
"Die zählt Keiner bei uns", lacht Toni. "In den Nachrichten kommen fast nur Motorradopfer vor."
"Ist ja logisch. Die sind auch bedeutend mehr als Autofahrer."
Monika bedient gerade Gäste am Buffet. Ihr Papa löst sie ab als er Toni sieht. Alle setzen sich ins Stübchen. Hier herrscht eine herrliche Ruhe. Gegen die Lautstärke vor dem Haus, ist das eine wirkliche Erholung. Monikas Papa kommt mit Kaffee und Strudel in der Hand. Die Mama bringt aus der Küche einen Extrakuchen.

Zwetschgenkuchen mit Streuseln. Toni schluckt bei dem Anblick. Der Kuchen ist mit Mürbeteig gebacken und noch warm. Das ganze Zimmer riecht nur nach diesem Kuchen.

"Morgen könnt ihr heiraten", sagt Mama Frieda.

Lukas, der Papa, kommt und gratuliert schon. Er hat einen Hausbrand und fünf Gläser in der Hand. Toni staunt.

"So schnell?"

"Besser heute als nie", antwortet Lukas. Der freut sich riesig. "Monika wartet auf Dich schon zwei Jahre."

Marco wirkt etwas berührt von der Begegnung. Er hat feuchte Augen.

"Das Verhör morgen, musst du allein führen", sagt Toni zu Marco.

"Bei dem Register, können wir die Radfahrer auch einen Tag länger sitzen lassen bis zur gerichtlichen Anhörung."

"Wollt ihr gleich hier übernachten?", fragt Frieda.

"Gerne!", antwortet Marco.

Toni wird wahrscheinlich gar nicht mehr gefragt. Er ist überstimmt. Lukas gibt ihm zu verstehen, "du hast doch Monika gestern geheiratet."

Jetzt weiß Toni, woher der Wind weht. Abgemacht ist abgemacht. Jetzt kommt er nicht mehr weg ohne einen erheblichen Verlust seines guten Rufes.

Der Zwetschgenkuchen ist ein Gedicht. Der Kaffee könnte etwas besser sein. Toni bestellt um auf Kakao. Frieda schaut etwas misstrauisch.

"Mir drückt etwas der Bauch", entschuldigt sich Toni kleinlaut. Monika weiß, Toni trinkt Filterkaffee. Und genau mit dem, haben Südtiroler kein glückliches Händchen.

Monika verspricht Toni, ihm bei seinen Ermittlungen zu helfen. Toni verspricht sich Etwas davon. Monika hat sowohl reichlich Menschenkenntnis als auch ein sehr logisches Denkvermögen. Der Polterabend geht ziemlich lange. Alle freuen sich, diesen Anlass ganz in Familie zu feiern. Ein paar Hausgäste kommen neugierig gratulieren. Eigentlich reicht das, um es im Umfeld bekannt zu machen. Die Zwei haben die Hochzeit in Lana bestellt.

Am Morgen trifft sich die Familie. Alle sind nervös. Die Frauen haben jetzt schon feuchte Augen. Tonis Eltern warten in Lana. Die Hochzeit ist schnell beglaubigt. Nur die Familienangehörigen fotografieren etwas. Gemeinsam Essen, wollen die Gäste auf der Hütte. Flavio hat schon Etwas vorbereitet. Es gibt ein Ultner Spanferkel vom Grill. Das ist zusammen mit einem Ultner Lamm gekommen, das Flavio bestellt hatte. Das Lamm grillt er auch. Vielleicht haben die Gäste Appetit darauf. Den Rest wird er sicher an die anderen Gäste verkaufen. Die schleichen eh schon eine geraume Zeit um den Grill. Der Duft lässt sie nicht ruhen.

Trotzdem Keiner von der Hochzeit gesprochen hat, sind nahezu fünfzig Gäste zugegen. Marco lacht zusammen mit Lukas. "Südtiroler Verschwiegenheit", sagt Marco.

Frieda und Lukas übernehmen die Kosten. Sie streiten darüber gerade mit Waltraud und Walter. Die Einigung wird mit einem Selbstgebrannten begossen. Sie teilen sich die Kosten. Der Abend ist sehr schön. Vollziehen kann Toni die Ehe heute nicht mehr. Er ist schwer angetrunken. Monika tröstet ihn und sagt, "die Ehe hast du ja gestern schon so gut vollzogen."

Am Morgen verabschieden sich die zwei frisch Verheirateten und Marco. Der Fall ruft zur Eile. Zuerst geht Marco ins Verhör. Toni soll etwas später dazu stoßen. Papa Lukas hat Monika drei Tage frei gegeben. Die Tage will Monika nutzen, Toni etwas Ordnung in seine Hütte zu bringen. An den Unterlagen kommt sie nicht vorbei. Die Neugierde lässt ihr keine Ruhe. Monika liest sich fest.

Toni ist mit der Seilbahn runter gefahren. Es regnet. Am Berg führt das regelmäßig zu kleineren Muren. Die schütten sehr viel Kies und Sand auf die Straße. Das ist Toni auf der schmalen Straße etwas zu gefährlich.

Im Meraner Büro angekommen, wird er bereits von Marco begrüßt. "Es gibt neue Erkenntnisse", sagt er. Der Unfall mit dem Motorradfahrer geht zu deren Lasten. Max, der schon das erste Vergehen gestanden hat, hat auch das zweite zugegeben. Sie hätten bei dem Motorradfahrer nur die Papiere gesucht, um die Nothilfe zu informieren. Nach dem Raub der Wertsachen und der Papiere, hätten sie einen Tag gewartet, ob ihn jemand findet. Tags darauf, sind sie mit dem Fahrrad hin gefahren, und haben die Nothilfe informiert. Die Spurensicherung fand deren Autospuren. Die Geständnisse waren also nur eine Geduldsfrage.

Auf die Frage, wie viel Geld und Wertsachen sie dem Motorradfahrer entnommen haben, kam die größte Lüge. Sie hätten bei ihm nur zwanzig Euro gefunden und die Papiere. Die haben sie wie die anderen, verkauft.

Nach dem Kontakt mit der Familie des Motorradfahrers wurde schnell klar, die Radfahrer haben schwer gelogen. Die Familie gab an, er hätte eintausend und fünfhundert Euro in bar mit gehabt. Dazu Kredit- und Debitkarten. Das Hotel in Corvara wollte er mit Karte bezahlen. Wegen dem Überblick und dem Nachweis. Als Toni von Kurfar redete, erntete er von Marco ein Lächeln. Von all den Gegenständen haben die Helfer nichts gefunden. Auf die Befragung, ob sie das entnommen hätten, griffen sich alle Helfer an den Kopf. "Wir sind Helfer, keine Räuber! Alles, was wir finden, verpacken wir in einem Behälter." Marco schaute auf die Augen der Jungs und sagte zu Toni, "die lügen nicht."

Bei der Gegenüberstellung wurde auch schnell klar, die kennen sich untereinander nicht. Der Diebstahl wurde also von den Radfahrern ausgeführt.

Die deutschen Kollegen könnten jetzt mal ermitteln, über welche Quellen die verkauft haben. Es steht der Vorwurf der organisierten Hehlerei im Raum. Wenn das zutrifft mit der Körperverletzung, könnte schon fast Mord im Spiel sein. Toni nimmt sich vor, abends noch einmal die Spuren vom Tod Alfreds zu untersuchen. Vielleicht hilft ihm Monika dabei.

Langsam aber sicher, geht Toni davon aus, die Radfahrer sind eine organisierte Bande.

Vielleicht sollten sich Marco und Toni mal darum kümmern, zu hinterfragen, ob die eventuell Kumpanen haben. Toni will sich darauf konzentrieren. Marco soll mal ähnliche Fälle untersuchen und die sicher gestellten Spuren vergleichen.

Eigentlich wollte Marco noch in der Gelben Schwalbe, Verhöre führen. Die Hochzeit ist für die Verschiebung der Grund. Über Nacht wurde aus der gemütlichen Ermittlung, eine unter Zeitdruck. Das passt Marco nicht.

"Machen wir Überstunden?", fragt er Toni.

"Ich bin frisch verheiratet, Marco. Bitte! Wir schaffen das auch so."

"Also, bis morgen."

Zum Glück ist die Aschbachbahn gleich an der Bahnhaltestelle. Irgendwie sieht Toni jetzt fast schon einen Vorteil in seinem Wohnsitz. Ins Schnalstal wäre er bedeutend länger unterwegs.

Monika liegt auf dem Bett und liest. Sie liest die Unterlagen. Gekocht hat sie. Auch geputzt. Die Hütte glänzt und duftet. Toni ist das gar nicht gewohnt.

"Deine Hütte war aber sehr schön sauber", schmeichelt sie Toni zu. 'Frisch verheiratet. Ich kann es noch gar nicht fassen', denkt Toni.

"Ich habe mal kurz den Fall durchgelesen. Mir sind ein paar Dinge aufgefallen. Dazu hast du keine Notizen angelegt."

"Das besprechen wir nach dem Essen. Wäre es nicht erst mal besser, die Hochzeitsnacht nachzuholen?"

Monika gefällt der Gedanke. In der Dusche hat sie ein neues Duschbad hingelegt. Es riecht aufregend frisch. Fünf Stunden später essen sie zusammen. Toni hat keine Lust mehr, über den Fall zu reden. Die Hochzeitsnacht dauert bis zum Morgen.

Am Morgen fragt Monika, Toni, wo das Auto steht, wenn Alois die Familie von Christine besucht. Toni muss zugeben, daran nicht gedacht zu haben.

Schimmer noch. Er weiß nicht einmal, mit welchem Auto er Christine nach Hause bringt, wenn sie nicht mit Stefan fährt. Dazu muss er erfahren, wann Christine mit Stefan nach Hause fährt. Beide sagten, sie fahren immer zusammen. Und das wurde bereits von den Kolleginnen widerlegt. Vorerst will er das ruhen lassen und noch mal die Familie von Christine befragen. Monika möchte mit fahren. Sie kennt die Familie. Christine und sie waren zusammen auf der Schule in Meran. Man hat sich gelegentlich besucht. Beide Familien betreiben eine Hütte. Toni erinnert sich. Rudi, der Imbissbetreiber, hatte so etwas angedeutet.

Im Büro liegen nun die Auswertungen mit der Zeit des Todes von Toni. Auch der Unfall ist zeitlich ziemlich konkret beschrieben. Die ersten Daten waren dazu einfach noch zu ungenau. Jetzt kann Toni die Tatzeit ziemlich genau eingrenzen.

Alfred ist innerhalb sechs Stunden nach seinem Unfall gestorben. Er kann frühmorgens unmöglich warm gewesen sein. Die Feststellung von Max, dem Radfahrer, muss andere Ursachen haben. Zuerst muss Toni den Max, der einsitzt, fragen, wie warm er Alfreds Körper empfunden hat. Alfred lag auf Morastboden. Toni glaubt, der Boden ist im Sommer oder Herbst etwas wärmer als der gewöhnliche Boden. Toni denkt, der Boden hält auch die Wärme etwas länger. Das

könnte auch an der Wassertemperatur liegen, die
natürlich in die Umgebung abgegeben wird.
Von der Zeit her, passen viele Bewegungen der
Verdächtigen in den Rahmen. Die Verdächtigen hätten
demnach alle, Alfred bedrängen können. Welches
Motiv jetzt das wichtigste ist, dürften die Beweise
klarstellen.

Die Beweise

Marco, Toni und Monika legen jetzt zwei Bürotage ein.
Sie analysieren die Motive, Spuren und Funde. Marco
hat eine Tafel in die Hütte mitgebracht.
Sie fangen mit den Familienmitgliedern an. Die zwei
Bauern, die Alfred fanden, haben sie vorerst
ausgeschlossen. Sie glauben nicht an deren Schuld.
Zumindest, haben die Zwei keine Motive, obwohl
reichlich Spuren von ihnen vorhanden sind.
Die Familie von Christine hat sowohl erdrückende
Motive als auch Spuren hinterlassen. Auto fahren,
können sie alle. Alle fahren auf der Straße recht
routiniert. Christine war mehrmals täglich unterwegs.
Ihre Mutter und der Vater auch. Ihre Autos sind alle
voller Rasenspuren, Dellen und Schlamm. Diese
Beweise haben die Spurenfahnder auch auf der
Straße und am Unfallort gefunden. Die Motive, in
Anbetracht der enormen Verschuldung im
Zusammenhang mit dem Projekt, sind erdrückend.
Das Nichtgelingen der Projekte gefährdet auch ihren
Hof und damit ihre Existenz. Dazu ergaben sich
Hinweise auf sehr viele Kontakte mit Alois. Nicht nur
der Kontakte über Christine. Nein. Toni liegt die
Vermutung nahe, Christine ist als Zugabe eingesetzt
worden. Die Frage wird eher sein, wer den Einsatz

organisiert hat. Es liegt nahe, die Familien haben das Projekt zusammen geplant und finanziert.

Etwas komplizierter wird es bei Stefan. Der scheint auf der Seite von Alfred gestanden zu haben. Genaueres haben die zwei Kommissare nicht heraus finden können. Es gibt nur sehr wenige Hinweise. Sämtliche Beweise gründen sich auf Vermutungen. Die Basis ihres Wissens kommt von Karin, den Zimmermädchen und ihren Andeutungen. Der Beweis selbst kommt von Alois als Vater des Kindes. Das ist für die zwei Kommissare ein hartes Motiv. Stefan gilt als Erbe des Hofes von Julius. Dabei spielt erst Mal keine Rolle, ob er das Erbe öffentlich begrüßt oder gar ablehnt. Er erbt. Und das gibt den Grund. Entsprechend dem Stand der Dinge, erbt Stefan nicht nur Anteile am Projekt zu Hause. Nein. Er erbt auch Anteile an dem Hotel, in dem er bisher als Hausmeister dient. An der Gelben Schwalbe. Außen Stehende würden in dem Zusammenhang, von einem steilen Aufstieg reden. Beamte bezeichnen das als Beförderung. Mit dem Erbe, reich geworden. Das ist doch wirklich glücklich, wenn man selbst kaum Etwas für seinen Reichtum tun musste. Andere Generationen haben dafür immerhin Leben und Gesundheit geopfert.

Die Großeltern, Laura und Johann, sind eh der Meinung, ihre Familie sollte die Finger davon lassen. Immerhin haben diese Zwei ihr Leben lang, schwer und weniger schwer, für diesen Betrieb gearbeitet und damit eine Familie groß gezogen. Johann sieht nicht ein, warum das ausgerechnet heute, nicht mehr funktionieren sollte.

Der Bauer ringt der Natur ihren Reichtum ab. Er ernährt sämtliche Mitmenschen. Johann macht das innerlich stolz. Mit Recht. Er möchte das nicht unbedingt an Banken verkaufen und verspekulieren. Er sieht darin einen Verkauf von seinem Land an Fremde.

Ein Hotel in der Größe benötigt auch massenhaft Personal. Das Tal hat gar nicht so viele Menschen, um das Hotel neben den anderen, schon existenten, zu betreiben. Johann kann das geistig nicht verarbeiten. Wenn es nach ihm gänge, hätte er ein kleines Hotel oder einen Hof mit Zimmern gebaut. Die Familie hätte ihr Standbein nicht aufgegeben. Die eigenen Produkte würden reißenden Absatz finden. Reich an Geld werden, muss man in so einer schönen Umgebung nicht. Opa möchte einen Familienbetrieb, in dem jedes Familienmitglied eine angemessene Arbeit mit einem Auskommen findet. Und genau das, sieht er mit dem Hotelprojekt gefährdet.

Laura sieht eher das Ergebnis und hofft auf ein bequemeres Leben. Johann sagt oft, sie benimmt sich wie eine Elster. Alles was glänzt, wird unweigerlich angeflogen. Sie vergisst dabei, Elstern bringen nur etwa jedes Zehnt in ihr Nest. Den Rest verlieren sie unterwegs oder die Jungen schmeißen es achtlos aus dem Nest.

Nach den Befragungen ist Toni und Marco aber klar, die Großeltern wissen Etwas. Sie sagen es nicht. Ihr Ausdruck zeigt das aber deutlich. Die zwei Kommissare lernen einen ausgeprägten Familiensinn kennen. Toni kennt den Familiensinn. In seiner Nachbarfamilie hat der zu einem lebenslangen Schweigen geführt. Auf dem Sterbebett wurde das Gelübde dann aufgehoben. In der Zeit war den Familienmitgliedern inzwischen der Mund zusammen gewachsen. Der öffnete sich nur für Essen aller Art. Julius hat reichlich Gründe, Alfred zu schaden. Nachbarschaftskämpfe wurden in Südtirol schon immer mit harten Bandagen geführt. Entweder verliert einer Müll oder dessen Vieh geht den Nachbar besuchen. Das Land der wandernden Zäune. Mit jedem Zaunbau verändert sich der Grundbucheintrag. In Südtirol scheint ein einnehmendes Gemüt zu herrschen. Man könnte meinen, der Obstler zum Beilegen der Streitereien darf nicht knapp werden. Der Verlierer der Streitigkeiten trägt die Rechnung. Die Beutejäger gehen oft mit einer Unverfrorenheit vor, die Ihresgleichen sucht.

Alfred hatte Christine abgelehnt. Wahrscheinlich hatte Alfred nicht mal ein Stelldichein mit Christine. Genau deshalb, wollte man ihm das Kind unterschieben. Zu dem Schluss, kommt Marco. Windbestäubung. Anders sieht es aus, wenn Alfred zusätzlich noch erpresst wurde. Und dafür fanden Toni, aber auch Marco, reichlich Hinweise.

Gertrud war der treibende Teil der Erpressung. Das hat Monika heraus gefunden. Monikas Familie hatte ein ähnliches Problem. Das ließ sich aber klären. Seit dem ist Monikas Mutter, ruhig gestellt. Toni dankt Monika, weil er bis jetzt gar nicht die Zeit hatte, sämtliche Protokolle zu studieren. Außerdem öffnet ihm Monika den Blick in die Frauenköpfe. Toni glaubt an die Ehrlichkeit Monikas.

Beim Studium der Protokolle, fielen Monika selbst in der Familie von Alfred, Motive und Beweise auf. Die waren nicht so erdrückend wie die der Nachbarschaft, aber sehr dominant. Monika erzählt das Toni. Toni bekommt spitze Ohren. Vor allem Helmut, der Opa Alfreds, hat Aussagen von sich gegeben, die einen guten Verdacht begründen. Wahrscheinlich, nicht sicher aber geschätzt, war Maria zur Zeit den Unfalls, unterwegs. Opa Helmut kann aber die Zeit nicht konkret bestimmen. Oma Berta scherzt etwas über seine Senilität. Toni schätzt aber, die angebliche Senilität wird dem Opa nur eingeredet. Helmut selbst, erscheint Toni voll funktionsfähig. Toni konnte über seine spitzfindigen Bemerkungen lachen. Solche

Bemerkungen kommen nicht von Menschen, die geistig etwas weggetreten sind. Im Gegenteil. Eventuell lässt sich bei einer Befragung, endlich die genaue Zeit der Abwesenheit Marias bestimmen. Nach längeren Pausen scheint das Gehirn gelegentlich aufzuräumen.

Es geht schließlich um die Nachtzeit. Da sind wohl Spaziergänge besonders auffällig.

Marco und Toni bedauern nachhaltig den Mangel an wirklichen sicheren Spuren. Die Spuren von Fahrzeugen, auf der Straße, am Geländer als auch an Alfred und dem Motorrad, sind an sich Gebrauchsspuren. Es gibt wirklich nichts Auffälliges. Die Spuren an den Sachen und am Körper von Alfred, waren zielführend. Die Radfahrer konnten damit überführt werden.

Schade ist, der Mord geschah mittels eines Gegenstandes, der nicht klar bestimmt werden kann. Die Beweislage ist dünn. Die Spuren sind nur etwas wert mit den handfesten Motiven und Indizien. Und das macht Monika um so wertvoller. Sie liest die Motive heraus, die letztendlich zu Beweisen werden.

Im Protokoll kommt heraus, Alois war mit Christine zu der Zeit unterwegs. Mira hat das angedeutet. Sie hat Beide von der Rezeption aus, wegfahren sehen.

Stefan ist sozusagen, allein nach Hause gefahren. Damit rückt Alois in die erste Reihe der Verdächtigen.

Eventuell kann Toni die Abnahme von Proben aus den Autos von Alois veranlassen. Das notiert er sich sofort. Marco kümmert sich darum.

Auf den Garagenvideos des Hotels, sieht Marco, Stefan bedeutend zeitiger aufbrechen als Christine und Alois. Zwei Stunden früher. Wahrscheinlich musste Stefan an dem Tag nicht in der Spüle helfen. Sonst macht er das regelmäßig.

Gerade bemerkt Monika, Toni hat eine Mail bekommen. Die ist verschlüsselt. Toni öffnet sie und liest. Marco liest mit.

Die Radfahrer sind doch eine Bande. Aber nicht so eine, wie anfangs vermutet. Nein. Die klauen Fahrräder. Die Räder, die sie in Deutschland klauen, verkaufen sie in Italien. Und umgedreht; die, welche sie in Italien für die Rückfahrt klauen, verkaufen sie in Deutschland. Der Zoll hat das festgestellt. Wie üblich, sucht der Zoll auch landesweit in Italien nach Diebesgut. Sie haben das mit den Vermisstmeldungen abgeglichen. Und siehe da, die Bande wurde erwischt.

Marco freut sich. Eine Bande des organisierten Verbrechens. Keine Italiener. Irgendwie steht ihm etwas Schadenfreude im Gesicht.

"Die Deutschen sind schlimmer als unsere Mafia", ruft er lachend. Toni nickt lachend dazu. Er kennt schließlich die organisierten Hotelplünderungen deutscher Banden.

Toni und Marco einigen sich darauf, wegen der mangelnden Beweise im Fall Alfred, eine Falle aufzubauen. Sie müssen nachweisen, das Verbrechen war geplant und organisiert. Einfach wird das nicht.
Sie müssen entweder einen Zwist zwischen den Beteiligten organisieren oder einen der Täter direkt überführen. Letztere Auswahl würde aber verhindern, dass alle Beteiligten die Höchststrafe bekommen. Alfred würde das sicher nicht gefallen. Den Großeltern auch nicht. Die wollen Klarheit.
Nach der Arbeit wollen die Drei jetzt etwas entspannen. Sie gehen auf den Aschbach einkehren. Sie haben etwas von den größten Schnitzeln in Südtirol gehört. Das wollen sie jetzt kontrollieren. Das Gasthaus wirkt etwas dunkel und verlassen. Die Tagesgäste sind bereits wieder in ihren Hotels. Nur ein paar Bauern sitzen am Stammtisch. Die Trischetten oder Watten zusammen.
Sie setzen sich Draußen hin. Das Wetter ist noch angenehm. Natürlich bestellen sie Schnitzel und Bier. Sie hören, wie der Koch drinnen die Schnitzel klopft. Man könnte meinen, das Haus wackelt.
"Eine zähe Sau", scherzt Marco.
"Sicher ein Italienisches porco dio", antwortet Toni. Alle lachen.
Zuerst kommt eine Riesenschüssel Krautsalat mit Speck. Köstlich. Der Krautsalat ist gut gemürbt. Ein

Zeichen für die Zugabe von heißem Speck. Jetzt kommen die Schnitzel. Auf Platten, Teller kann Toni dazu nicht sagen. Es liegen nur die Schnitzel und eine halbe Zitrone darauf. Die Röstkartoffeln werden extra serviert. Monika staunt. "Das sind wirklich Riesendinger", stöhnt sie.
Dazu die Aussicht auf den Partschinser Wasserfall. Köstlich. Die Drei sitzen zwei Stunden und langsam wird es frisch.
"Morgen haben wir Vernehmungen", sagt Marco. "Die Beweise müssen abgeglichen werden."
Die Aschbachbahn fährt zu der Zeit nicht mehr. Marco müsste hier bleiben oder Toni fährt ihn hinunter. Das Wetter würde passen. Toni hat aber Bier getrunken. Monika hat für Marco schon ein Plätzchen gerichtet.
Die Drei gehen zur Hütte und befassen sich noch etwas mit dem Fall. Auch mit dem der Radfahrer. Marco möchte das jetzt der Staatsanwaltschaft übergeben.
Zur Zeit des Diebstahls war Alfred bereits tot. Bei dem Motorradfahrer im Pustertal, sind sich die Zwei nicht so sicher. Haben die Radfahrer den abgeräumt oder jemand Anderes. Die Frage drückt die Zwei noch.
Monika hat in einem Vernehmungsprotokollen auch dazu Etwas gefunden. Toni schlägt sich an den Kopf. Er hat das übersehen oder noch gar nicht zur Kenntnis genommen. Es stammt aus den deutschen

Unterlagen. Die Autovermietung hatte einen Schaden am Spiegel und am Blech registriert. In wieweit das untersucht wurde, steht jedoch nirgends.

Die Drei, Monika ist bereits ein Teammitglied, schlussfolgern, die Radfahrer haben nicht nur ein Motiv sondern auch reichlich Spuren und Beweise hinterlassen. Bei der Nachfrage im Hotel ergab sich, der Motorradfahrer hatte mehrere Tage gebucht. Die Radfahrer auch. Man kannte sich also vom Frühstückstisch her. Den Hotelunterlagen nach, wollte der Motorradfahrer am kommenden Tag abreisen und bezahlen. Wahrscheinlich haben Max und seine Bande, Gespräche belauscht und mitbekommen, dass der Motorradfahrer bar zahlen möchte. Zumal das in Italien die beliebteste Art der Bezahlung ist. Vor allem, in Hotels. Die Italienischen Frauen kontrollieren gern, wo und mit wem ihre Männer nächtigen. Sie selbst, zahlen auch gern bar. Man könnte fast meinen, die Italienischen Modefürsten haben ihre Größe der großzügigen Barzahlung ihrer Kundinnen zu verdanken.

Marco nimmt sich vor, die Radfahrer auf Herz und Nieren zu befragen.

Die deutschen Kollegen sollen bei dem Autovermieter nachfragen, ob er eventuell Schadenfotos gemacht hat. Die können per Email geschickt werden. Sollten Fotos vorhanden sein, kann Marco die Radfahrer mit den Fotos unter Druck setzen. Am besten wäre, die Fotos kommen während dem Verhör. Eigentlich müssen schon Fotos da sein. An dem Fahrzeug war schon einmal die Spurensicherung. Die haben doch Fingerabdrücke und Genproben genommen. Haben die eventuell diese Unfallspuren vernachlässigt? Eigentlich haben sie die Spuren sicher gestellt im Zusammenhang mit Alfred. Die Spuren wurden aber nicht mit dem Motorradfahrer im Pustertal verglichen. Die deutschen Kollegen versprechen, ihren Bestand zu überprüfen. Zumal sie die Bande auch für Diebstähle und Hehlerei in Deutschland suchen. Marco lässt wieder die Videos der Kameras aus dem Pustertal kommen. Speziell die Videos der Viadukte der SS244, von Bruneck nach Corvara, interessieren Marco.

Es wäre gelacht, wenn er dort Nichts findet.

Der Morgen mit Monika ist ein Fest für die Zwei. Monika geht sich als Erste waschen. Marco und Toni tun so, als würden sie noch schlafen. Sie beobachten Monika durch ihre Augenschlitze. 'Für diese Schöpfung müsste der Herrgott einen Extraorden bekommen', denkt sich Marco. 'Toni hat wirklich Glück bei seiner Wahl.'

Monika spürt die Blicke der Zwei. "Ihr Schweine", ruft sie lachend, schaltet das Licht ein und dreht sich um in ihrer Blüte. Marco bekommt das Gefühl, er müsste schnell mal Pinkeln gehen. Er hält sich seine Hose vor sein geschwollenes Gemächt. Monika lacht. "Lass sehen, das Ding", ruft sie. Toni sagt zu Marco, "zeig ihn Monika!" Marco nimmt etwas zögerlich die Hose weg. "Mein Gott!", ruft Moni. "Jetzt hab ich endlich einen Ersatz für Dich." Dabei schaut sie Toni an. "Der ist genau so selten zu Hause wie ich", antwortet Toni lachend. "Mir reicht es, wenn er während deiner Abwesenheit da ist." Die Drei lachen zusammen. Toni geht Monika hinterher und sie duschen zusammen. Marco schneidet schon am Speck herum, der in einer Ecke hängt. Er hat Hunger. Daneben hängen noch ein paar Kaminwurzen. 'Verhungern kann der nicht hier', denkt sich Marco.

An der Tür klopft es. Marco rennt zur Tür, öffnet sie und sieht niemand. Er geht einen Schritt nach vorn. Nichts. An der Tür hängt ein Beutel mit Brot und Brötchen. Der Beutel ist noch warm. 'Backen die hier oben auf dem Berg selbst?', fragt sich Marco. Mit der Seilbahn würden die ja kalt werden.

Das Wetter ist nicht besonders günstig heute Morgen. Die Drei werden mit der Seilbahn nach Unten fahren. Monika möchte ins Büro nach Meran mitgehen. Toni drängt sich der Gedanke auf, seine Monika ist jetzt ein freiwilliges Mitglied seiner Abteilung. Marco hat das schon kommentiert: "Eine gute Südtiroler Familientradition." Toni überlegt noch, wie das Marco gemeint hat. Marco lächelt verschmitzt. "Naja. Unsere Familientradition hat nicht unbedingt humanitäre Züge", sagt Monika. Die Drei lachen über ihren Beitrag.

Unten angekommen, sagt Marco, er hat auf dem Parkplatz an der Kaffeerösterei, sein Auto stehen. Auf den Zug hätten sie zwanzig Minuten warten müssen. Der Weg zum Büro vom Bahnhof aus, würde in etwa, eine halbe Stunde benötigen. Eine Stunde für zehn Kilometer Weg, war den Dreien zu lang.

Im Büro angekommen, können sie sich jetzt den Befragungen widmen.

Die Aufklärung

Max wird von Toni verhört. Die Anderen, einzeln von Marco. Monika sitzt mit zwei Kollegen von Toni hinter einem Spiegel und lauscht. Sie nehmen Alles auf. Toni hat Max wahrscheinlich schon soweit in der Hand, dass jede Äußerung von ihm, schon fast einem Geständnis nahe kommt. Die Befragung unterbrechen die Kollegen von Toni abwechselnd mit angeblichen Meldungen, die sie als kleine Nachrichten auf Briefbögen bringen. Max wird dadurch etwas verunsichert. Er scheint nervös zu werden. Toni liest die Meldungen. Zumindest, tut er so. Max wird zappeliger.

Nach zwei Stunden legt Toni eine Pause ein. Monika rennt gleich los, für Toni und seine Kollegen, Kaffee zu organisieren. Toni gibt ihr einen USB - Dongel mit. Mit dem bekommt sie den Kaffee für zwanzig Cent je Becher. "Kein Wunder, dass die bei uns keinen Kaffee mehr wollen", sagt sie lächelnd.

Ich füll mir den immer in eine Thermoskanne", sagt Marco.

"Geizhals", zischt Toni und lacht.

"Den kannst Du uns ja liefern", sagt Monika.

"Der schmeckt wohl besser als bei Euch?"

"Wir haben Südtiroler Kaffee. Das hier ist...", sie schaut auf den Automat..."Bayrischer."

"Was? In Südtirol wächst Kaffee?", fragt Marco.
Die Drei lachen.
"Was hast Du von den Anderen erfahren?", fragt Toni, Marco. "Die schweigen. Noch! Und Max?"
"Der scheint langsam aufzugeben."
"Mach dir keine Hoffnung. Auf die Jungs warten zehn bis fünfzehn Jahre. Bei uns hier!"
Die zwei Kollegen stellen sich vor mit Jonas und Klaus. Sie sind Südtiroler. Marco bedauert das etwas. Aber eher scheinheilig als echt. Marco liebt seine Südtiroler Kollegen. Die Zwei haben lange Arbeitswege. Jonas kommt aus Sterzing und Klaus, aus Brixen.
Inzwischen treffen die Nachrichten aus Deutschland ein. Fotos sind dabei. Auch Auswertungen.
"Die haben den Motorradfahrer auf dem Gewissen", sagt Marco. "Unfassbar!"
"Das haben wir doch schon die ganze Zeit vermutet", antwortet Toni.
"Stimmt. Aber jetzt ist das so klar."
"Sie werden jetzt Einen als Fahrer ausgeben", sagt Toni.
"Sicher. Aber geplündert haben alle", antwortet Marco.
"Damit können wir von einer Bande ausgehen. Alle sind gleich schuld."
"Jetzt bräuchten wir noch den medizinischen Befund, wann genau der Todeszeitpunkt war."

"Kein Problem. Wir rufen noch einmal in Bruneck an."
Die Brunecker haben versprochen, die Daten
umgehend zu schicken. Schon nach dreißig Minuten
sind sie da.

Die Zwei verhören schon wieder die Radfahrer. Jonas
bringt die Nachricht zu Toni. Klaus, eine Kopie zu
Marco.

Jetzt wird es spannend. Toni liest den Bericht.
'Die haben den Motorradfahrer verrecken lassen',
denkt er sich. Dem Bericht folgend, hat der
Motorradfahrer noch sechs bis acht Stunden gelebt.
Er starb nicht nur der Verletzungen wegen, sondern
maßgeblich an Unterkühlung. Auch, in Folge von
Blutverlust. Toni schüttelt mit dem Kopf. 'Das ist
eigentlich schon kaltblütiger Mord', denkt er sich.
Seine Tonart bei der Befragung ändert sich
entsprechend. Er verhört Max jetzt wesentlich
aggressiver. Der heult schon wieder.

"Bei dem, was wir hier haben, warten auf dich und
deine Freunde, zwanzig Jahre Knast."
Max winselt. So wäre das nie geplant gewesen. Von
dem Radhandel hätten sie relativ gut leben können.
"Die Kosten für den Sport waren uns zu hoch. Wir
haben eine Finanzierungsmöglichkeit gesucht."
"Gab es keine Sponsoren?"

"Die wollten von uns teilweise unmögliche Dinge. Angefangen bei Medikamenten und letztendlich, bei Getränken und Nahrungsergänzungen."

"Warum habt ihr nicht aufgehört damit?"

"Mit dem Kauf der Räder auf Kredit war Alles schon gelaufen."

"Was habt ihr mit den Papieren der Opfer getan?"

"Die haben wir verkauft. Das reichte gerade für die Miete."

"Als was arbeitet ihr?"

"Wir sind ein Metzger und drei Kellner."

"Als Kellner habt ihr doch sicher ein gutes Auskommen."

"Das war einmal. Unsere Gäste sind erheblich knausriger geworden. Selbst das Personalessen müssen wir fast voll bezahlen."

"Und da habt ihr euch gedacht, etwas Nebenverdienst kann nicht schaden. Wieso habt ihr dem Motorradfahrer nicht geholfen?"

"Wir hatten Angst, er würde uns anzeigen."

Toni muss das Verhör beenden. Ihm wird schlecht bei so viel Kaltblütigkeit. Im Grunde ist Alles gestanden. Das ging unerwartet schnell. Die Beweise sind zu erdrückend.

"Gehen wir in den Braugarten? Ich brauche frische Luft", sagt Monika.

Die Zwei nicken sprachlos. Marco sagt, er muss den Sekretärinnen noch das Protokoll bringen.

"Wir benötigen noch die Kontobewegungen der Täter."

"Die haben wir schon da. Ich muss sie nur suchen", antwortet Toni.

"Das wird wenig nutzen", sagt Monika. "Das Trinkgeld und der Raub werden wohl eher in Barzahlungen umgesetzt."

"Wir müssen einen Tag Ruhe geben. Martell gehen wir übermorgen an. Die Sekretärinnen sollen für alle Verdächtigen die Vorladungen fertig machen."

"Auch die Großeltern und Arbeitskollegen?"

"Ja. Bei den Arbeitskollegen nur die Verdächtigen."

"Alois und Christine?"

"Zur Not noch Mira und Karin."

"Alles klar!"

"Wenn noch Befragungen nötig sind, können wir auch andere Beteiligte vorladen. Wir sind bei der Aufklärung."

"Willst du heute bei uns übernachten oder wieder Mal zu Hause?", fragt Toni, Marco.

"Zu Hause muss ich mich auch mal wieder sehen lassen. Das gibt sonst schlechtes Blut."

"Kennst du Veronika noch?"

"Sie kann sich schlecht an mich erinnern."

"Sagt dein Sohn noch Papa zu dir oder Onkel?"

"Ich bin mir nicht sicher. Ich treffe ihn zu selten."

"Schönen Tag noch", sagt Monika.

Das hat Marco verstanden. Besoffen möchte er heute nicht nach Hause kommen.

Monika kuschelt sich an Toni. Toni bekommt gleich eine leichte Gänsehaut. Monika auch.

"Ich fahre Euch zur Seilbahn."

"Wir müssen ziemlich schnell fahren. Neunzehn Uhr ist Finale."

Marco wirft die Zwei in Rabland ab. Sie haben noch zwanzig Minuten bis zur letzten Bahn. Im Gebäude der Seilbahn ist reichlich Betrieb. 'Gibt es Leute, die Oben übernachten?', fragt sich Toni.

Monika bemerkt das und sagt, "Die Ferienwohnungen Oben sind scheinbar gut gefüllt."

"Etwas Arbeit haben wir noch, meine Liebe."

"Zu Hause gibt es nur eine Arbeit. Mich!"

"Gut. Die zwei Stunden bringen auch keinen Gewinn."

"Aber die Liebe zu mir", antwortet Monika.

Langsam wird es Zeit für klare Worte in der Familie Toni. Mit Monika an der Seite, spart sich Toni auch eine Menge Ermittlungszeit. In dieser Woche erwartet er den Abschluss der Ermittlungen im Fall. Auch dessen Aufklärung.

Die Liebesnacht dauert bis zum frühen Morgen. Schon am Kaffeetisch blättert Toni die Unterlagen durch. Die Fragen stehen fest.

Der Morgen beginnt etwas hektisch. Toni möchte nichts vergessen. Monika geht nicht mit. Ihre Arbeit ist getan. Zumal heute wirklich nervenaufreibende Verhöre anstehen. "Das ist Profiarbeit", sagt sie zu Toni und gibt ihm ein Küsschen zum Abschied. "Ich gehe rüber zur Hütte", ruft sie Toni hinterher.

Das Wetter ist heute etwas günstiger. Toni fährt mit dem Motorrad.

Vor dem Präsidium stehen schon die Autos der Leute, die vernommen werden sollen. Alois und Christine werden getrennt vernommen. Auch die Kolleginnen von den Zweien. Alois wirkt anfangs etwas abgebrüht. Christine weint schon beim Betreten des Raumes.

'Die sind sich einer Schuld bewusst', denkt sich Toni.

"Nach der Befragung einiger Zeugen, bist du mit Christine, abends unterwegs gewesen", fängt Toni an, Alois unter Druck zu setzen. "Du hast praktisch gelogen anfangs. Warum?"

Alois bricht die Befragung ab.

"Wir wollten nicht verwickelt werden. Wir waren bei der Familie von Christine."

"Was habt ihr dort besprochen?"

"Wir haben darüber geredet, dass wir jetzt in der Klemme sitzen."

"Und da habt ihr beschlossen, Stefan kurzerhand zu beseitigen."

"Nein!" Alois wirkt verzweifelt. "Wir wollten ihn abfinden. Das war mir aber zu teuer. Uns hätte das Keiner der Familie oder der Freunde bezahlt. Auch keine Bank."

"Jetzt habt ihr beschlossen, Stefan ruhig zu stellen."

"Nein! Wir wollten ihn mit Prozenten beteiligen."

"Wie viel Prozent wollte Stefan denn?"

"Er hatte früher schon Andeutungen gemacht. Wir wussten es aber nicht genau. Die Rede war von dreißig Prozent."

"Waren sonst noch irgendwelche Vergünstigungen im Gespräch?"

"Er wollte für sich und Karin einen Chefposten in den jeweiligen Abteilungen."

"Wäre das möglich gewesen?"

"Sicher. Unser Hotel in Naturns steht ja noch. Das wäre dazu gekommen."

"Stefan war bei den Gesprächen nicht zugegen?"

"Nein. Das haben wir in der Familie besprochen."

"Die Nachbarsfamilie war also nicht dabei."

"Nein. Maria sollte von unserem Vorschlag, nachträglich unterrichtet werden."

"Hat Maria an dem Abend schon davon gewusst?"

"Ich weiß nicht. Gertrud und Johann waren im Stall. Der Rest der Familie war bei uns."

Toni geht kurz vor die Tür und tuschelt mit Marco. Er will wissen, ob man vom Stall aus die Gespräche hört in Christines Haus.

"Verhöre einfach die, die Draußen waren."

Toni macht beim Verhör mit Alois eine Pause. Er holt sich Gertrud ins Zimmer. Gertrud ist knallrot. Sogar die Ohren. Gertrud trägt einen Zopf, den sie zum Dutt gedreht hat. Die Ohren benutzt Toni jetzt als Signaleinrichtung. Wenn sie rot und dick werden, ist das ein Zeichen, etwas nachzuhaken. Gertrud wirkt etwas kalt und abgeklärt. Sie neigt dazu, die Finger seltsam zu verknoten, wenn sie unter Druck gerät.

"Hast du an dem Familiengespräch über das Hotel teilgenommen?"

"Nein. Nicht direkt."

"Wusstest du, worum es geht?"

"Das haben wir vorher schon besprochen."

"Hast du von dem Gespräch im Zimmer etwas verstanden?"

Jetzt werden die Ohren dicker und röter.

"Nicht direkt."

"Heißt das gar Nichts oder Etwas?"

"Im Vorstall, der Futterküche, höre ich Alles genau."

"Und dort wart ihr Zwei?"

"Ja."

"Ihr wolltet also nicht mehr an der Diskussion teilnehmen."

"Das erschien uns überflüssig. Die Situation war festgefahren."

"Habt ihr das euren Nachbarn erzählt?"

Gertrud bekommt rote Ohren.

"Ich habe es ihnen nicht erzählt."

Toni bemerkt, Gertrud spricht auf Einmal nur von sich. Toni schlussfolgert, Johann hat es auch gehört und Maria gesagt.

"Geh bitte in den Warteraum", sagt Toni zu Gertrud.

Toni drückt eine Klingel und ein paar Sekunden darauf kommt Klaus.

"Was hast du raus bekommen?"

"Eigentlich nur, dass Alois und Christine abends noch unterwegs waren zur vermutlichen Tatzeit."

"Das ist schon recht viel. Schicke mir mal Johann ins Verhör. Mir geht es darum, zu erfahren, ob Jemand, Maria informiert hat."

"Mit Maria erhöht sich aber die Zahl der Verdächtigen."

"Maria ist eh verdächtig wie die Anderen. Mir geht es darum, zu beweisen, Maria wusste Bescheid."

Johann kommt ins Zimmer. Toni mustert Johann und fragt sich, wo er ihn greifen kann.

"Hast du einen Brustwärmer mit?"

"Immer. Willst du einen Schluck?"

"Gerne."

Nach dem Schluck bemerkt Toni:

"Schmeckt spitze! Schmeckt nach Erdbeeren und Marillen. Selbst gebrannt?"

"Ja. Das ist eine Probe."

"Gegen einen Probebrannt wird niemand Etwas haben."

"Wenn die uns die Versuche verbieten, müssen sie ein Leben lang, billigen Sprit trinken."

"Hast du das Familiengespräch mit Alois gehört?"

"Ja. Alles!"

"Hast du das Maria erzählt?"

"Nein. Aber Helmut."

"War Helmut etwa bei dir im Stall?"

"Ja."

Toni dachte nicht im Geringsten daran, so leicht seine Informationen zu bekommen. Opa Johann ist ja offen wie ein angebliches Firmengeheimnis. Helmut war nach Aussage von Johann, diesen Abend in der Futterküche der Familie.

'Wer war es nun?', fragt sich Toni in Gedanken.

"Mit welchem Auto war Alois auf Besuch?"

"Mit seinem Sportwagen."

"Was ist das für ein Sportwagen?"

"So ein Zweisitzer."

Toni hat dieses Auto noch gar nicht gesehen. Er unterbricht die Vernehmung und gibt Opa Johann eine Verschnaufpause.

Toni geht umgehend zu Marco. Er will wissen, ob Marco das Sportauto kennt.

"Ich kenne das Sportauto. Ein bayrisches."

"Habt Ihr das untersucht?"

"Bis jetzt, nicht. Ich habe das auch erst jetzt erfahren von Mira."

"Wie viele Autos hat denn Alois?"

"Nach meinen Erkenntnissen aus den Befragungen, vier."

"Wir haben vergessen, unsere Zulassungsstelle abzufragen."

"Das nützt dir wenig. Zwei Autos von Alois haben eine deutsche Targa."

"Jetzt müssen wir wieder die deutschen Kollegen bemühen."

"Ich mach das gleich."

Mittlerweile ist es Mittag. Marco und Toni entschließen sich, in den Biergarten zugehen. Die Vorgeladenen können in der Mensa der Polizei ihr Mittag essen. Das gibt ein hörbares Gemurmel.

Nach dem Biergartenbesuch findet Toni schon auf seinem Schreibtisch die Abfrageergebnisse über die Autos von Toni. Nach einem kurzen Studium, schickt Toni die örtlichen Carabinieri aus Naturns zum Haus von Alois. Sie sollen sämtliche Autos untersuchen. Toni lässt Alois noch einmal antreten.

"Wie viele Autos hast du nun wirklich?"

"Vier."
"Sind alle vier Autos schon untersucht worden?"
"Nein. Nur zwei."
"Ich habe die Carabinieri zu deinem Haus geschickt.
Die untersuchen jetzt die anderen Zwei auch."
Alois stammelt etwas. Toni versteht es kaum. Nur
bruchstückhaft.
"Wenn eines der Autos beschädigt ist, wird es schwer
für dich, Alois."
"Der Sportwagen ist beschädigt", gesteht Alois.
"Wer ist damit gefahren? Du oder Stefan?"
"Wir Beide."
"Ich warte die Probe ab. Wenn das stimmt, nehme ich
euch unter dem Verdacht des Mordes an Alfred fest."
Alois wird ziemlich fahl im Gesicht. Durch die Scheibe
gibt Toni, Jonas ein Zeichen. Jonas kommt.
"Ihr könnt Stefan schon mal festnehmen."
Die Nachricht von den Carabinieri trifft ein. Der
Sportwagen ist beschädigt. Die Spuren müssen noch
im Labor abgeglichen werden.
""Alois. Du bist verhaftet wegen Mordverdacht an
Alfred."
Langsam kommt Stimmung in die Polizeizentrale. Die
Kollegen haben es bereits gehört. Es hat sich ziemlich
schnell herum gesprochen. Am Kaffeeautomat
bekommt Toni schon Gratulationen.

"Das ist etwas zu früh", sagt er seinen Kollegen. Alois und Stefan haben zwar zu gegeben, abends gefahren zu sein. Geständnis ist aber noch keins da.

Der Tag war ziemlich lang und anstrengend. Toni verschiebt die Verhöre auf morgen.

Auf dem Nachhauseweg fährt Toni in Rabland bei Doris vorbei. Bei Doris in der Gaststätte, will er die Stammgäste befragen, ob Einer einen Garagenplatz für sein Motorrad frei hat.

Die Begrüßung ist freundlich. Toni bestellt wie immer, einen Kaffee. Der Kaffee aus dem Ort hat für ihn Vorrang gegenüber dem Bier aus dem Nachbarort. Etwas Nationalstolz muss sein.

Nach einigen Fragen, bekommt er einen Garagenplatz für sein Motorrad. Toni muss nicht mal weit laufen. Nur über die Brücke. Beide begießen das mit einem Obstler.

Toni kann sein Motorrad gleich abstellen. Die Seilbahn fährt noch.

Oben angekommen, geht Toni gemütlichen Schrittes nach Hause. Monika wundert sich. "Wo ist dein Motorrad?"

"Ich habe Unten einen Garagenplatz bekommen."

"Na wunderbar!" Moni freut sich.

Es gibt Gamskeule heute. Lukas hat eine Gams von einem einheimischen Jäger bekommen. Monika hat die Keule mit reichlich fettem Speck geschmort. Ein Hochgenuss.

Beide setzen sich nach dem Essen vor das Häuschen.

"Ich habe heute Alois und Stefan festnehmen lassen."

"Am Auto sind wohl Spuren?"

"Ja."

"Christine kann aber auch gefahren sein."

"Ich hab sie wegen ihrer Schwangerschaft nicht eingesperrt. Sie ist auch eine Hauptverdächtige."

"Was fehlt denn noch?"

"Ein Geständnis."

"Das wird schwer. Die halten zusammen, wie Pech und Schwefel."

"Nach ein paar Tagen wird sich das ändern."

"Na dann. Viel Glück."

"Wie geht es Lukas?"

"Schon besser. Er arbeitet schon wieder mit. Wahrscheinlich war das ein Schwächeanfall."

"Sag Lukas einen schönen Gruß. Er soll vorsichtig anfangen."

"Das macht er schon von sich aus. Er zapft nur das Bier."

"Dann sind sie zu Zweit am Tresen?"

"Zu Dritt. Lukas kann rasten, wenn er es braucht."

Nach der Gamskeule geht Toni duschen. Er vermutet, die Dusche funktioniert jetzt anders. Das Wasser ist schon warm. Monika hat das Wasser bereits vorgeheizt. Sie hat schon geduscht. Toni sieht den Vorteil, zu Hause eine Hilfe zu haben. Im Zimmer sieht er auch eine Veränderung. Die Zwei haben jetzt eine Filtermaschine für ihren Kaffee.

Am Morgen klopft es an der Tür. Toni wollte nackt zur Tür rennen. Monika hat durch die Zähne gezischt. "Erwartest du eine Frau?"

Jetzt fiel das Toni erst auf. Er hat schnell seine Trainingshose angezogen. An der Tür steht der Sohn vom Seilbahnbetreiber im Tal. Er möchte gern die Brötchen bezahlt haben. Einmal im Monat kommt er das Brot kassieren. Essen auf Kredit. Wunderschön. Toni gibt ihm fünf Euro zusätzlich für die Kaffeekasse. In dem isolierten Brötchenbeutel liegt ein Zettel. Neben der beiläufigen Aufklärung, warum seine Brötchen immer warm sind, steht die Nachricht, Marco wartet Unten. Irgendwie muss etwas Wichtiges sein, wenn Marco Unten wartet. Monika will mit fahren. Sie möchte gern mal etwas in die Stadt. Ein bisschen Bummeln, hat sie gesagt.

Nach dem Frühstück brechen die Zwei auf. Hand in Hand. Hinter diversen Fenstern schauen die Nachbarn. Sie klatschen teilweise in die Hände. "Irgendwie müssten wir hier, unsere Hochzeitsfeier nachholen", sagt Monika. "Unsere Nachbarn scheinen das zu erwarten."

"Den Eindruck habe ich mittlerweile auch. Wir werden das im Restaurant oder in der Seilbahn anschlagen."
"Schreib es doch an die Kirche. Dort sind sie am Sonntag alle."
"Gute Idee."
Marco wartet Unten. Direkt im Seilbahngebäude.
"Was gibt es Neues?", fragt Toni.
"Halt dich fest! Wir haben in dem Sportauto, Spuren von Maria gefunden!"
"Ich glaub es nicht. Ist Maria auch mit Alois aus gefahren?"
"Das sieht so aus."
"Haben die...naja, du weißt schon."
"Das haben wir nicht gefunden", antwortet Marco.
"Wir müssen jetzt zu Maria oder sie einvernehmen."
"Ich vernehme die Verdächtigen weiter und du fährst zu Maria."
"Alles klar. Wir hören uns."
Toni geht mit Monika in die Garage. Beide ziehen Jacke, Handschuh und Knieschützer an und fahren ins Martelltal. Das Wetter geht so. Die Regenkombis hat er für den Fall im Heckkoffer.
In Morter kommt ihnen das halbe Tal entgegen. Viele fahren nach Latsch zur Arbeit. Andere nach Schlanders oder ins Gewerbegebiet von Vezzan. Das Tal gehört jetzt den Altbauern. Die kümmern sich um den Hof.

An den zwei Gütern angekommen, werden sie von Laura und Johann empfangen. Die fragen gleich, was mit Julius und Gertrud ist. "Geht es den Zweien gut?" "Wenn Alles gut läuft, kommen sie morgen wieder frei."

Die Zwei verabschieden sich mit dem Hinweis, sie müssen jetzt zu Maria gehen. "Ist die da?", fragt Johann.

"Wir schauen nach. Berta oder Helmut werden schon da sein."

Nach dem Klopfen müssen sie einige Zeit warten. Die zwei Senioren haben die Tiere gefüttert und sich anschließend noch etwas hingelegt. Begrüßt werden Beide sehr herzlich. Berta lädt Monika und Toni gleich zum Kaffee ein. Auf die Frage, ob Maria da ist, antwortet Helmut, er geht mal nachschauen. Eine Vermutung Tonis bestätigt sich gerade. Helmut oder Berta können nicht hören, ob Maria zu Hause ist. Auf der Suche nach Maria, wird Monika auch bewusst, warum. Der Fernseher läuft ziemlich laut. Berta und Helmut schlafen vor dem Gerät regelmäßig ein.

Nach der Suche, stellen Beide fest, Maria ist nicht da. Helmut sagt, vielleicht ist sie im Passeiertal. "Ich habe nichts gehört!"

"Auch nicht das Auto?", fragt Toni.

"Schau mal nach, ob es noch da steht."

Monika geht schnell nachschauen und kommt zurück.

"Ein Auto steht im Schober."

"Welches?", fragt Helmut.

"Eine Limousine", sagt Monika.

"Dann ist Maria weg gefahren. Sie fährt den Geländewagen."

Toni ruft umgehend die Gemeindepolizei von St. Martin an. Die sollen lediglich kontrollieren, ob das Geländeauto von Maria vor ihrem Gut steht. Während dessen, sucht Toni Spuren oder Hinweise in Marias Wohnung. Er wird fündig. In einem Hefter für Bankunterlagen findet er Hinweise, die seine Sicht auf das Verbrechen maßgeblich verändern.

Zwischenzeitlich kommt der Anruf, Maria ist bei ihren Geschwistern. Nach dem Frühstück bei Helmut und Berta verabschieden sich Toni und Monika herzlich. Berta schaut ziemlich besorgt. Sie ahnt, was da abläuft.

Toni ruft die Spurenermittler an und bestellt sie zum Haus von Maria im Martell. Gleichzeitig sollen sie auch das Nachbarhaus gründlich durchsuchen. Monika sagt, im Hotel von Alois muss auch gesucht werden. Toni veranlasst das natürlich.

Die Zwei genießen die Fahrt durch das Tal in Richtung Morter. Neben dem herrlichen Grün begleitet sie der echte Landgeruch des Tales. Sie treffen Milchfahrzeuge der örtlichen Molkereien an den Seilbahnen der Bergbauern. Einige Bauern stehen mit ihrem Auto an diversen Plätzen und warten auf den Milchtransport. Auf ihren Ladeflächen stehen kleinere und mittelgroße Edelstahlbehälter mit frischer Bergmilch. Toni tropft der Zahn bei dem Gedanke, 'daraus wird guter Käse, Butter und die Sahne für seinen Kaffee.'

Um diese Zeit fährt es sich recht angenehm auf der Vinschger Straße. Ab Naturns wird der Verkehr etwas dichter. Die Touristen werden weniger. Außer an Wochenenden und Feiertagen. An den Tagen steht das gesamte Tal im Stau. Ausgerechnet zu der Zeit, an der die Einheimischen ihren Wochenendeinkauf erledigen müssen.

Durch Meran in Richtung Passeiertal herrscht der übliche Stau. Nach dem kann man praktisch schon die Uhr stellen. Pro Durchfahrt in Richtung Passeier, fünf und vierzig Minuten. Es vergeht kein Tag, an dem keine Baustelle auf einer Durchgangsstraße zu finden ist. An manchen Tagen sind selbst die Umgehungsstraßen zusammen mit den Hauptstraßen im Bau. Die Planung ist einfach perfekt.

Nach einer und einer halben Stunde ist Toni mit Monika in St. Martin. Mit dem Motorrad, wohlgemerkt. Marco kommt sicher einen halben Tag später. Wenn er kommt.

Am Hof der Geschwister von Maria angekommen, bemerkt Toni schon den Auflauf von Carabinieri.

Maria sitzt schon im Auto. Agnes steht vor dem Hof in Tränen. Rolf fährt gerade den Mist aus dem Stall. Er schüttelt mit dem Kopf.

Toni geht zum Auto, in dem Maria sitzt.

"Maria, ich verhafte dich wegen dringendem Mordverdacht."

Die örtlichen Carabinieri, die gern zu dem Hof gehen und ein Schnäpschen probieren, sind ergriffen und ziemlich traurig.

Die Fahrt nach Meran dauert wieder so lange. Auf dieser Straße herrscht, irgendwie immer, Dauerstau.

Toni führt Maria gleich in den Verhörraum. Monika setzt sich dazu. Marco wartet schon auf sie. Vor ihm liegen massenhaft Papiere und Auswertungen von Proben und Gutachten. Maria wirkt kalt abwesend. In ihrem Gesicht sind keine Regungen spürbar.

Marco fängt sofort an, die Beweise aufzuzählen. Maria gibt keine Antwort.

"Warst du mit dem Sportauto von Alois zu der Zeit unterwegs, als der Mord geschah?"

Maria bleibt stumm.

"Hast du mit dem Auto auf dem Parkplatz des Energieunternehmens auf Alfred gewartet?"

Keine Antwort.

"Wusste Alois, dass du mit seinem Auto fährst?"

Die Ruhe wirkt fast erdrückend auf Toni. Ihm scheint der Kragen zu platzen.

"Maria. Wir haben an dem Auto, Spuren von Alfreds Motorrad gefunden, deine Fingerabdrücke im Auto, deine Genspuren und auch an deinen Sachen, Spuren des Autos. Ich bin mir sicher, du ist gefahren. Du musst das nicht unbedingt zugeben. Uns reicht das."

"Ja. Ich bin mit dem Auto gefahren."

"Wann?"

"Als Alfred nach Hause fuhr."

"Hast du mit Alfred gesprochen?"

"Er hat angehalten und sich gewundert, warum ich dort stehe."

"Habt ihr miteinander gesprochen?"

"Auf der Staumauer habe ich ihm unter vier Augen die Situation erklärt. Ich habe mich beklagt, dass er und sonst niemand, die versprochenen dreißig Prozent bekommt."

"Wie hat er reagiert?"

"Er sagt mir, für Stefan hat er gesorgt."

"Um was habt ihr euch dann gestritten?"

"Er hat mich und die Großeltern vergessen."

"Ich sehe das als deinen Irrtum. Er hat euch mit dreißig Prozent beschenkt."

"Um unsere Schulden zu bedienen, hätten die dreißig Prozent der kalkulierten Hausbelegung gerade mal zum Bedienen der Zinsen gereicht."

"Und das war dir zu wenig?"

"Ja! Und zu riskant."

"Das habt ihr nicht klären können?"
"Alfred sagte, wir bekämen ja extra noch Lohn."
"Und du wolltest aber verkaufen."
"Ja. Alfred hat das abgelehnt."
"Dann bist du ihm hinterher gefahren und hast ihn am Motorrad gerempelt."
"Ich wollte, dass er sich das noch mal überlegt bis nach Hause."
"Naja. Ich sehe das etwas anders. Dann hättest du ihm geholfen nach dem Sturz."
"Es tut mir leid."
"Jetzt ist es zu spät!"
Maria wird abgeführt.
Marco klopft Toni auf die Schulter. "Das wird sicher deine Beförderung!"

Epilog

Robert, der Vorsitzende der Marteller Genossenschaft, besucht Julius und seine Familie. Er schlägt Julius vor, auf seinem und dem Nachbargrund, einen Biohof zu betreiben.

"Wenn bei Euch keine Erdbeeren wachsen, was ich bezweifle, können wir bei euch andere Beeren anbauen."

Stefan ist von dem Vorschlag begeistert. Julius auch. Investitionen sind kaum nötig. Das Haus der Familie von Alfred machen wir einfach zum Laden. Arbeit gibt es für Alle. Die Hochlandrinder geben uns feine fette Milch und ein prima Fleisch. Auch die Schafe und Ziegen.

"Wenn das gut geht, ist Alfred wenigstens nicht umsonst gestorben", sagt Stefan. "Alfred wollte das schon immer. Alfred wollte schon immer von seinem Beruf leben."

"Bei uns habt ihr eine feine Infrastruktur und eine sehr gute Beratung", sagt Robert.

Nach der Entlassung träumt Alois nicht mehr von einem riesengroßen Hotelprojekt. Der Vorschlag Roberts und der Marteller Genossenschaft kommt ihm plötzlich, ziemlich realistisch vor.

Umweltschützer, die wirklich Ahnung haben von ihrem Projekt, würden sich für die "Weiße Spitze" des

Ortler bedanken. Jedes Wärme spendende Objekt am Fuße dieses ehrwürdigen, schönen Berges, würde das Abschmelzen der Gletscher am Berg bewirken.
Robert kann nicht verstehen, dass für diese Einsicht erst Menschen sterben müssen.

Hinweis des Autors

Folgen Sie bitte meiner kommenden Kriminalgeschichte..:

Leblos im Schnalser Stausee

...auf:
https://dersaisonkoch.blog/
und:
http://www.dersaisonkoch.com/serendipity/

Schauen Sie bitte in meinem Buchladen vorbei. Sobald die gedruckten Versionen des Buches vorhanden sind, werden Sie diese Bücher bestellen können.

Beachten Sie bitte meine aktuellen Vertriebswege auf Amazon:
Amazon KhBeyer
oder auf Books on demand:
BoD Kh Beyer

Zum Martelltal

Das Martelltal in Südtirol ist ein ziemlich ursprünglich gehaltenes Tal. Das wird begünstigt durch, die Natur schützenden Maßnahmen und Gesetze des Landes. Die Bevölkerung ist sehr gastfreundlich. Als Gast in dem Tal, sollten sich mit einem recht bescheidenen Luxus begnügen.
Dafür bekommen Sie auch Natur pur von den Bauern und Bewohnern das Tales.
Für den Straßen - Radsport ist dieses Tal weniger geeignet. Dafür aber für den Wandersport und für die MTB - Radfahrer. In wieweit sich Mountainbike mit Natur verträgt, fragen Sie bitte ihr Gewissen.
Mit einer entsprechenden Lizenz, könnten Sie sich auch beim Angeln vergnügen.
Im Winter haben die Skiwanderer und Langläufer das Sagen. Bergaufwärts gibt es eine Langlaufpiste, die bis an ein Langlaufstadion unterhalb der Staumauer reicht.
Oberhalb der Staumauer gibt es recht große Parkflächen. Oberhalb dieser Parkplätze haben die Wanderer das Sagen.
Beachten Sie bitte, Sie bewegen sich dort in einem Naturschutzgebiet.

Herstellung und Verlag: BoD – Books on Demand,
Norderstedt
ISBN: 9783754357248